EL LEGADO DE UNA VENGANZA

CATHY WILLIAMS

WITHDRAWN

Editado por Harlequin Ibérica.
Una división de HarperCollins Ibérica, S.A.
Núñez de Balboa, 56
28001 Madrid

© 2017 Cathy Williams
© 2018 Harlequin Ibérica, una división de HarperCollins Ibérica, S.A.
El legado de una venganza, n.º 2641 - 8.8.18
Título original: Legacy of His Revenge
Publicada originalmente por Mills & Boon®, Ltd., Londres.

I.S.B.N.: 978-84-9188-364-7
Depósito legal: M-19488-2018
Impresión en CPI (Barcelona)
Fecha impresion para Argentina: 4.2.19
Distribuidor exclusivo para España: LOGISTA
Distribuidor para México: Distibuidora Intermex, S.A. de C.V.
Distribuidores para Argentina: Interior, DGP, S.A. Alvarado 2118.
Cap. Fed./Buenos Aires y Gran Buenos Aires, VACCARO HNOS.

Capítulo 1

HAY UNA hija.
Ante esa revelación, Matías Rivero clavó la mirada en su amigo y socio de confianza, Art Delgado. Como él, Art tenía treinta y dos años. Habían estudiado juntos en el instituto y habían entablado una insólita amistad, con Matías como protector, el que siempre cuidaba de su amigo. Pequeño, asmático y con gafas, Art siempre había sido presa fácil para los matones hasta que apareció Matías y, como un peligroso tiburón, se había encargado de que nadie volviese a molestarlo.

En ese momento, tantos años después, Matías era el jefe de Art y, a cambio, Art era el más leal de los empleados. No había nadie en quien Matías confiase más. Le hizo un gesto para que se sentase y se inclinó hacia delante para tomar el móvil que le ofrecía.

Desplazó el dedo por la pantalla para ver las tres fotografías de una joven bajita, poco agraciada y regordeta saliendo de la mansión de James Carney en un viejo coche que parecía a punto de exhalar su último aliento y partir hacia el gran aparcamiento del cielo.

Matías se preguntó por qué la hija de un hombre para quien las apariencias lo eran todo tendría un cacharro así. Pero, sobre todo, se preguntó quién demonios era la mujer y por qué no había sabido nada de ella hasta ese momento.

–¿Por qué me entero ahora de que Carney tiene una hija? –preguntó, devolviéndole el móvil a su amigo y arrellanándose en el sillón–. De hecho, ¿cómo sabes que es su hija?

Eran más de las siete y la oficina estaba vacía. Además, era un viernes veraniego y todo el mundo tenía cosas mejores que hacer que trabajar. Matías no tenía nada demasiado importante que hacer. Había roto con su última novia unas semanas antes y, en ese momento, tenía tiempo para pensar en aquella novedad.

–Me lo dijo ella –respondió Art, colocándose las gafas con montura de metal sobre el puente de la nariz y mirando a su amigo con gesto preocupado–. Pero eso da igual, ¿no te parece?

Matías empujó hacia atrás el sillón y se levantó. Sentado era formidable. De pie, un gigante. Metro noventa de sólido músculo, pelo y ojos negros; el producto de un padre argentino y una delicada madre irlandesa, había tenido suerte en la lotería genética. Era envidiablemente apuesto, las masculinas facciones parecían como esculpidas hasta alcanzar la perfección. Tenía el ceño fruncido mientras se acercaba a la pared de cristal desde la que se veía todo el centro de Londres.

Desde allí arriba las figuras eran como cerillas y los coches y taxis parecían de juguete.

–¿Te lo dijo ella? Sé que Carney estuvo casado, pero tengo entendido que no tuvo hijos.

En realidad, nunca le había interesado la vida personal de James Carney. ¿Por qué iba a importarle si tenía hijos o no?

Durante años, en realidad desde que tenía memoria, había buscado la forma de hundir a James Carney a través de su empresa. La empresa que nunca debería haberle pertenecido, la empresa que había levantado con mentiras y engaños, robando la invención del padre de Matías.

El dinero y el poder asociado con él estaban tan mezclados con su deseo de arruinar la empresa de Carney que hubiera sido imposible separarlos. El ascenso en la escala social, y su inmensa fortuna, tenían como objetivo satisfacer su deseo de venganza. Había estudiado sin descanso antes de conseguir un puesto en una empresa de inversiones y cuando reunió el dinero necesario para abrir su propia compañía se despidió, con una abultada cuenta corriente y una agenda llena de valiosos contactos. Había empezado su implacable ascenso hacia la cumbre gracias a fusiones y adquisiciones de empresas en precaria situación económica, haciéndose cada vez más rico y más poderoso en el proceso.

Durante todo ese tiempo había esperado pacientemente que la empresa de Carney empezase a tener dificultades y así había sido.

Durante los últimos años, Matías había estado vigilando la empresa de Carney como un predador esperando el momento perfecto para atacar. ¿Debía comprar acciones e inundar el mercado con ellas para hundir a la empresa? ¿Debía esperar hasta que la empresa estuviese irreparablemente dañada para instigar una adquisición hostil? Decisiones, decisiones...

Llevaba tanto tiempo pensando en vengarse que casi no había prisa, pero por fin había llegado el momento. Las cartas que había encontrado en casa de su madre tres semanas atrás, antes de que la ingresaran en el hospital, lo habían empujado hacia lo inevitable.

–¿Y bien? –le preguntó, volviendo al sillón, inquieto de repente, deseando empezar con su represalia–. ¿Tuviste una agradable conversación con la mujer? Dime cómo llegaste a esa conclusión, siento curiosidad.

Matías miró a Art, esperando una aclaración.

–Pura coincidencia –admitió su amigo–. Me dirigía a la casa de Carney cuando ella salió a toda velocidad, dobló la esquina y chocó contra mi coche. O, más bien, tu coche.

–¿La mujer chocó contra uno de mis coches? ¿Cuál?

–El Maserati –admitió Art–. Tiene una abolladura, pero el coche de ella, por desgracia, quedó para el desguace. No te preocupes, se arreglará y quedará como nuevo.

–Así que chocó contra mi Maserati –murmuró Matías–. Te dijo quién era... ¿y luego qué?

–Te noto receloso, pero eso fue exactamente lo que pasó. Le pregunté si aquella era la residencia de James Carney y ella me dijo que sí, que su padre vivía allí. Estaba nerviosa tras el accidente y mencionó que él estaba de mal humor y que tal vez no sería buena idea ir a verlo en ese momento.

–Así que hay una hija –murmuró Matías, pensativo–. Muy interesante.

–Una chica muy agradable. O eso me pareció.

–No puede ser. Carney es un sinvergüenza y sería imposible que hubiera tenido una hija ni remotamente agradable –replicó Matías. Luego sonrió, mirando a su amigo. A pesar de haber sido acosado desde niño, Art tenía una instintiva confianza en la naturaleza humana de la que él carecía.

Los dos eran una mezcla de nacionalidades, en el caso de Art descendiente de españoles por parte de su madre. Los dos habían empezado desde abajo y habían tenido que hacerse duros para defenderse contra el racismo y el clasismo.

Pero Matías había visto de primera mano cómo el comportamiento de un criminal podía afectar a la vida de una persona, de una familia. Su padre, Tomás Rivero, y James Carney se habían conocido en la universidad. Su padre había sido un hombre extraordinariamente inteligente, con un don especial para las matemáticas, pero carecía de olfato empresarial y cuando, a los veinticuatro años, inventó un programa informático que facilitaba el análisis de drogas experimentales fue presa fácil para James Carney, que enseguida entendió que con ese programa podía ganar una fortuna.

James Carney era rico, un joven con una tribu de seguidores y buen ojo para aprovechar las oportunidades. Había buscado la amistad de su padre, había hecho que confiase en él y, cuando llegó el momento, reunió las firmas necesarias en los sitios necesarios para quedarse con los derechos de propiedad intelectual y los dividendos del software.

A cambio, su padre había sido relegado a un trabajo de segunda clase en la ya debilitada empresa familiar que Carney había heredado de su familia. Tomás Rivero nunca había podido recuperarse.

Sin embargo, sus padres nunca habían hablado de Carney con odio y, por supuesto, jamás habían pensado en vengarse. El padre de Matías había muerto una década antes y a su madre, Rose, jamás se le había ocurrido pensar que pudiese dar la vuelta a la situación.

Lo que estaba hecho, hecho estaba. El pasado era algo que debía ser olvidado.

Pero Matías no era así. Él había visto cómo la tristeza se convertía en una carga insoportable para su padre. No había que ser un genio para entender que ser relegado a un despacho cochambroso mientras veía cómo el dinero y la gloria se prodigaban sobre un hombre que no se lo merecía lo había dañado de forma irreparable.

En su opinión, su padre jamás había podido recuperarse de la estafa. Aceptó durante un par de años el miserable trabajo que Carney le había ofrecido y luego se marchó a otra empresa, pero para entonces su salud se había deteriorado y su madre había tenido que ponerse a trabajar para poder llegar a fin de mes.

Su madre no tenía ningún deseo de venganza, pero él lo tenía por los dos.

Debía admitir que, mientras estaba intensamente absorbido por su meteórico ascenso a la cumbre, el deseo de venganza había ido decayendo. Nunca había olvidado lo que Carney le había hecho a su familia, pero el éxito había cobrado vida propia... distrayéndolo del objetivo que se había impuesto a sí mismo tanto tiempo atrás.

Hasta que encontró esas cartas.

—¿Cómo se llama? Me imagino que estaba asegurada.

—Te enviaré los detalles por email —respondió Art, suspirando porque conocía bien a su amigo e intuía la dirección de sus pensamientos—. No he tenido oportunidad de mirarlo, pero hice una fotografía del documento.

—Estupendo, hazlo inmediatamente. Y no habrá necesidad de que sigas lidiando con este asunto, yo me encargaré personalmente.

—¿Por qué?

Art era la única persona que se atrevía a cuestionarlo.

—Digamos que podría querer conocerla mejor. El conocimiento es poder, Art, y ahora lamento no haber investigado un poco más la vida privada de James Carney. Pero no te preocupes, no soy el lobo feroz. No tengo por costumbre comerme a niñas inocentes y, si es tan agradable como tú dices, no tiene nada que temer.

—A tu madre no le gustará esto —dijo Art.

–Mi madre es demasiado buena –replicó Matías, pensando en Rose Rivero, que estaba recuperándose de un derrame cerebral en el hospital. Si su padre nunca se había recuperado de la traición de Carney, su madre nunca había podido recuperarse de la prematura muerte de su marido. En realidad, Carney no había sido solo responsable de las penurias que había tenido que soportar su familia, sino también del estrés y la angustia que habían matado a su padre y de la mala salud y la infelicidad de su madre. La venganza había tardado mucho en llegar, pero sin que James Carney lo supiera, en ese momento una fuerza imparable se dirigía hacia él a toda velocidad...

Sophie Watts miró el rascacielos de cristal situado frente a ella y se acobardó.

El encantador hombre con cuyo coche había chocado tres días antes había sido muy benévolo cuando hablaron por teléfono. Cuando le explicó el problema que existía con su seguro se había mostrado comprensivo y le había dicho que tendría que ir a su oficina para discutir el tema, pero que estaba convencido de que podrían solucionarlo.

Desgraciadamente, el edificio que había frente a ella no parecía un sitio benévolo donde se solucionaban situaciones difíciles de un modo cordial y comprensivo.

Sophie agarró su amplio bolso y siguió mirando hacia arriba. Sabía que no tenía más remedio que seguir adelante, pero sus pies le suplicaban que diese la vuelta y volviese corriendo a su discreta esquina del este de Londres, a su casita, en la que hacía su catering artesanal para quien solicitase sus servicios.

Aquel no era su sitio y el atuendo que había elegido para conocer a Art Delgado le parecía ridículo y fuera de lugar. Las jóvenes que pasaban a su lado con sus ordenadores portátiles y sus zapatos de tacón iban vestidas con elegante trajes oscuros. Ellas no titubeaban, caminaban con decisión hacia la agresiva torre de cristal.

Una chica bajita y regordeta de pelo rebelde, con un vestido veraniego de flores y sandalias no tenía sitio allí.

Sophie dio un paso adelante, intentando animarse. Había sido un error ir allí a primera hora para solucionarlo todo. En teoría, la idea era estupenda, pero no había pensado en la estampida de gente que iba a trabajar al centro a primera hora de la mañana. En fin, era demasiado tarde para regañarse a sí misma.

El vestíbulo del edificio era fabuloso, una fría mezcla de mármol, cristal y metal. Había varios sofás colocados aquí y allá, formando círculos. Eran preciosos, pero parecían horriblemente incómodos. Estaba claro que el propietario del edificio no quería que la gente se quedase por allí. Frente a ella había un mostrador donde varias recepcionistas respondían a las preguntas de la gente mientras ríos de trabajadores se dirigían a los brillantes ascensores, al lado de unas palmeras enanas en enormes tiestos de barro.

Sophie sintió una punzada de anhelo por su cocinita, donde Julie, su compañera, y ella charlaban mientras hacían grandes planes para la panadería de alta gama que abrirían algún día. Echaba de menos su delantal, el olor de un pastel recién sacado del horno y el agradable intercambio de ideas con Julie sobre recetas para futuros encargos.

Sophie se dirigió a una de las recepcionistas para confirmar su cita, tartamudeando cuando le pidió su nombre porque desearía estar en cualquier otro sitio.

Tan nerviosa estaba que no entendió lo que la elegante joven acababa de decir.

–¿Qué? No, yo no conozco a ningún señor... River.

–Rivero –la corrigió ella, mirándola con expresión helada.

–No, yo vengo a ver al señor Delgado.

–Su cita es con el señor Rivero –insistió la recepcionista, girando la pantalla del ordenador hacia ella–. Tiene que firmar aquí usando el dedo. En cualquier lado de la pantalla. La secretaria del señor Rivero estará esperándola arriba, en la décima planta. Este es su pase. No lo pierda porque si lo hace será inmediatamente escoltada fuera del edificio.

Aturdida, Sophie hizo lo que le pedía. Luego se dirigió al ascensor más cercano con un grupo de gente y se quedó mirando fijamente la pared mientras subían a la décima planta.

¿Quién sería el señor Rivero? Creía que iba a hablar con el amable señor Delgado, pero si tenía que explicarle la situación a un perfecto desconocido...

Estaba tensa como la cuerda de un arco cuando se abrieron las puertas del ascensor frente a un lujoso vestíbulo, donde fue recibida por una mujer muy alta de mediana edad cuya expresión compasiva no hizo nada por calmar su nerviosismo.

La mujer abrió una puerta y la depositó como un paquete indeseado en un despacho impresionante.

Durante unos segundos, con los ojos como platos, Sophie miró a su alrededor. No se había movido de la puerta del gigantesco despacho; de hecho, no se atrevía a dar un paso adelante. Agarrándose al bolso como si fuera un salvavidas, por fin vio a un hombre sentado tras el escritorio... y le dio un vuelco el corazón porque era el hombre más atractivo que había visto en toda su vida.

Sabía que estaba mirándolo fijamente, pero no podía evitarlo. Su pelo era negro, sus ojos del color del más rico chocolate, sus facciones perfectamente esculpidas. Exudaba la clase de sex-appeal que hacía que las mujeres girasen la cabeza para robar una segunda o una tercera mirada.

El silencio se alargó y Sophie se dio cuenta de que estaba haciendo el ridículo.

–¿Piensa quedarse en la puerta, señorita Watts? –le preguntó él. No se levantó para estrechar su mano, no sonrió. No hizo nada para que se sintiera cómoda. Se limitó a señalar un sillón situado delante del escritorio–. Siéntese.

Sophie dio un paso adelante. Debería estrechar su mano, pero su expresión era tan aterradora que decidió no hacerlo y se sentó en el sillón. Casi inmediatamente se echó hacia delante y empezó a hablar a toda velocidad:

–Siento mucho lo del coche, señor... Rivero. Es que no vi a su amigo. Hay un seto antes de la curva y... en fin, admito que puede que fuera un poco aprisa, pero le aseguro que no fue intencionado.

Lo que podría haber añadido, pero no lo hizo, fue que tenía los ojos empañados porque había tenido que hacer un esfuerzo sobrehumano para no llorar después del desagradable encuentro con James Carney.

Matías la observaba atentamente, con los entornados ojos oscuros clavados en el ruborizado y sorprendentemente bonito rostro. Él era un hombre que salía con modelos de cuerpos altos, angulosos y rostros fotogénicos. Sin embargo, había algo muy atrayente en la mujer que estaba sentada frente a él. Había algo en la suavidad de sus facciones, en el rebelde pelo rubio, en la claridad de sus ojos de color aguamarina que llamaba su atención, pero Matías quiso pensar que era por su conexión con James Carney.

No sabía que aquella mujer existiera, pero en cuanto lo descubrió tuvo que reconocer que era un regalo.

Pensó en las cartas que había encontrado y apretó los dientes. Ese aspecto inocente no iba a engañarlo. No conocía toda la historia de su relación con Carney, pero pensaba averiguarlo, como pensaba explotar la situación que le había caído en las manos para descubrir si Carney ocultaba otros secretos. Cuanto más lejos tirase la red, mejor sería la pesca.

–Empleado –dijo Matías. Por si creía que iba a recibir una atención especial por su amistad con Art.

–¿Perdone?

–Art Delgado es mi empleado. Él iba conduciendo mi Maserati. ¿Tiene idea de lo que vale un Maserati, señorita Watts?

–No, no lo sé –respondió ella. Aquel hombre ejercía un efecto peculiar en ella. Era como si su poderosa presencia se hubiera tragado todo el oxígeno del despacho, haciendo que le costase respirar.

–En ese caso, permítame que se lo diga –Matías mencionó una suma que la hizo llevarse una mano al corazón–. Y me han dicho que su póliza de seguro ha caducado.

–No lo sabía –susurró Sophie–. Normalmente tengo todas mis cosas al día, pero últimamente todo ha sido un poco frenético. Sé que cancelé mi antigua póliza y pensaba renovarla con otra compañía, pero...

Matías levantó una mano.

–No estoy interesado en su historia –dijo fríamente–. Permítame ir directo al grano: las reparaciones de mi coche costarán miles y miles de libras.

Sophie lo miró, boquiabierta.

–¿Miles? –repitió.

–Literalmente. Me temo que no se trata solo de arreglar una abolladura. Todo el costado izquierdo del coche tendrá que ser reemplazado. Las reparaciones en los coches de alta gama son carísimas.

–No tenía ni idea –empezó a decir ella–. Yo no tengo ese dinero, señor Rivero. Cuando hablé con su amigo... con su empleado, el señor Delgado, por teléfono, me dijo que podríamos llegar a un acuerdo.

–Desgraciadamente, este asunto no es de su competencia –replicó Matías, pensando que su viejo amigo enarcaría una irónica ceja si lo oyese hablar así.

–Podría pagarle a plazos –sugirió Sophie, preguntándose qué período de tiempo sería aceptable para un hombre que la miraba como si fuese un alienígena que hubiera invadido su espacio personal. Pero estaba segura de que el plazo de Matías Rivero no iba a coincidir con el suyo–. Tengo un pequeño negocio de catering con una amiga –siguió, desesperada por terminar aquel incómodo encuentro y más desesperada aún por encontrar una solución que no la dejase en la ruina–. Lo abrimos hace un año y medio. Antes de eso, las dos éramos profesoras de primaria. Hemos tenido que pedir muchos préstamos para que nuestra cocina cumpliese los requisitos necesarios y en este momento... bueno, la verdad es que no tenemos mucho dinero.

–En otras palabras, no puede pagarme.

–Pero quiero encontrar una solución, señor Rivero –dijo ella, poniéndose colorada–. Y estoy segura de que podríamos llegar a un acuerdo...

–Tengo entendido que es usted hija de James Carney –Matías empujó el sillón hacia atrás y se levantó para dirigirse a una impresionante pared de cristal desde la que podía ver todo Londres.

Sophie se quedó mirándolo, fascinada. Cómo se movía, la inconsciente flexión de los músculos bajo el caro traje de chaqueta, el fibroso cuerpo, la fuerza que exudaba... era cautivador. Cuando se volvió para mirarla, Sophie tuvo que hacer un esfuerzo para no apartar la mirada.

Su comentario la había dejado helada.

–¿Y bien? –insistió él–. Art iba a visitar a James Carney por una cuestión de negocios cuando usted apareció a toda velocidad por el camino y chocó contra mi coche. Yo no sabía que Carney tuviese una hija –añadió, observándola atentamente.

Le sorprendía que no le hiciese la obvia pregunta: ¿qué demonios tenía que ver la vida privada de su padre con aquel asunto? Pero, al parecer, la joven no era desconfiada.

Sophie se había quedado sin palabras. Estaba aturdida por el accidente y disgustada tras la visita a su padre. Y Art Delgado, tan diferente al hombre que la miraba en ese momento, la había animado a hacer una confidencia que rara vez compartía con nadie.

–Por supuesto –siguió Matías, encogiéndose de hombros–. No me interesa la vida privada de Carney, pero tenía entendido que era viudo.

–Lo es –dijo Sophie por fin, avergonzada por algo de lo que ella no era responsable y por las consecuencias con las que se había visto obligada a vivir.

–Así que dígame dónde encaja usted –la animó Matías–. A menos, claro, que lo que le contó a mi empleado fuese una mentira. Tal vez le daba vergüenza decir la verdad...

–¿Perdone? –murmuró ella, mirándolo con el ceño fruncido.

–Una chica joven que tiene una aventura con un hombre mayor... Entiendo que le diese vergüenza y por eso dijo lo primero que se le ocurrió, cualquier cosa menos desagradable que la realidad.

—¿Cómo se atreve? —exclamó Sophie entonces—. ¡Eso es repugnante!

—Solo estoy intentando entenderlo. Si no es usted su amante, Carney debió de tener una aventura mientras estaba casado, ¿no? ¿Es usted hija de un amor de juventud?

«Un amor de juventud». Sophie se rio amargamente porque nada podría estar más lejos de la realidad. El amor no había tenido nada que ver. Antes de su prematuro fallecimiento, su madre, Angela Watts, había sido una aspirante a actriz cuya desgracia había sido parecerse a Marilyn Monroe. Presa de los halagos de los hombres que ansiaban su cuerpo, había cometido el fatal error de ser demasiado ambiciosa. James Carney era un joven rico y arrogante y, como todos los demás, había intentado conquistarla, pero no tenía intenciones de casarse con alguien a quien consideraba una fulana con un bonito rostro. Esos detalles le habían sido inculcados desde que era niña. Carney lo había pasado bien con su madre y ella, ingenuamente, había pensado que eso llevaría a una relación seria, pero, cuando intentó atraparlo con un embarazo, él la rechazó y más tarde se casó con una mujer que consideraba de su clase y posición social.

—Conoció a mi madre antes de casarse, pero no estoy aquí para hablar de mi vida privada —le espetó—. Estaría encantada de llegar a un acuerdo para pagar los daños a plazos. Lo firmaré ahora mismo y le doy mi palabra de que le pagaré hasta el último céntimo. Con intereses, si quiere.

Matías soltó una carcajada.

—Eso es muy ingenuo por su parte. Lo crea o no, no me he convertido en un empresario de éxito poniendo mi fe en cosas imposibles. No sé cuánto dinero le debe a su banco, pero sospecho que le cuesta llegar a fin de mes. ¿Estoy en lo cierto?

Sophie lo miró con odio. Podía ser increíblemente apuesto, pero nunca había conocido a nadie a quien odiase de ese modo. Aquel hombre tenía todo el dinero del mundo, pero no iba a ser indulgente con ella y sabía que le importaría un bledo arruinarla.

En ese momento estaba jugando con ella como un gato con un ratón.

–Podríamos llegar a un acuerdo sobre los plazos –siguió él–, pero intuyo que me habría hecho viejo cuando pagase el último.

De verdad tenía un rostro transparente, pensó Matías. Aunque sabía que era imposible, parecía pura como la nieve.

Pero tal vez no era como su padre. Si era el producto de una aventura de juventud, tal vez no había tenido mucha relación con Carney. De hecho, le sorprendía que tuviesen contacto.

Pero no iba a perder el tiempo haciéndose preguntas. Cuando se lanzase al ataque contra Carney pensaba golpearlo en todos los frentes y se preguntaba cómo podría utilizarla a ella para eso.

¿Qué otros secretos ocultaría James Carney? Sabía que su empresa tenía graves problemas económicos, pero también había rumores de juego sucio... a veces era difícil encontrar los cadáveres en el armario, por mucho que buscases, y Carney era un hombre lo bastante astuto como para ocultar bien sus huellas. ¿No sería aún más satisfactorio arruinarlo y sacar a la luz todos sus sucios secretos?

¿Podría una chica de aspecto tan inocente como aquella abrirle más puertas? Matías era lo bastante honesto como para reconocer que hacer públicos los secretos personales de Carney era un golpe muy bajo, pero las cartas que había encontrado hacían que aquello fuese personal.

–Siempre podría pedirle el dinero a su padre –aventuró, sabiendo cuál sería la respuesta.

–¡No! –Sophie se levantó de un salto, apretando los labios en un gesto obstinado–. No voy a... mi padre no debe involucrarse en esto. Arruíneme si quiere –lo desafió, sacando una tarjeta del bolso y recordando lo optimistas que Julie y ella habían sido cuando las encargaron–. Esta es mi dirección. Puede ir a ver nuestra cocina. Está en mi casa, pero el equipo debe de valer algo. Tenemos varios trabajos pendientes y, si me da unas semanas, podré pagarle algo. En cuanto al resto... venderé mi casa y le pagaré lo que falte cuando haya pagado lo que queda de la hipoteca.

Matías la miró, en silencio, fingiendo una tranquilidad que no sentía. Sophie había intentado arreglarse el pelo, pero se había rebelado y los mechones rubios se rizaban alrededor de sus mejillas. Lo miraba con los ojos muy abiertos, de un curioso tono turquesa, rodeados por larguísimas pestañas oscuras en contraste con el tono claro de su pelo. Y su cuerpo...

Matías tragó saliva. Sophie tenía curvas en los sitios apropiados y unos pechos sorprendentemente generosos bajo el horrible vestido de flores que llevaba. No era sofisticada y, evidentemente, no tenía ningún estilo. Entonces, se preguntó, irritado, ¿qué tenía aquella chica que captaba su atención de ese modo?

–Está exagerando –le dijo, mientras ella lo miraba con los ojos cargados de preocupación, rabia y angustia.

–¡Acaba de decir que no está dispuesto a llegar a ningún acuerdo sobre el dinero que le debo por su

estúpido coche! —exclamó ella. Tranquila por naturaleza, le sorprendió la estridencia de su voz. Estaba
gritándole—. No puedo ir al banco y sacar ese dinero,
así que por supuesto que estoy disgustada.

—Siéntese.

—No, me marcho. Puede ponerse en contacto conmigo llamando al teléfono que aparece en la tarjeta.
Tendré que hablar de esto con mi socia y no sé qué va
a decir. Julie ha puesto todos sus ahorros en este negocio, como yo, así que también tendré que devolverle dinero a ella para que no sufra por mis errores
—dijo Sophie, tratando de contener las lágrimas.

Matías intentó aplastar el sentimiento de culpabilidad. ¿Por qué iba a sentirse culpable? Estaba mirando
a una mujer cuyo padre había destruido a su familia.
En ese escenario, el sentimiento de culpabilidad no
tenía cabida. Además, todo valía en el amor y en la guerra, ¿no?

—Puede hacer eso —murmuró—. O puede volver a
sentarse y escuchar la proposición que voy a hacerle.

Capítulo 2

NO TE pases con la chica –le había dicho Art el día anterior–. Que su padre sea Carney no significa que ella esté cortada por el mismo patrón.

Matías no había discutido, pero en su opinión eran iguales. De tal palo, tal astilla. Una inocente sonrisa y unos pestañeos, que debían de haber sido las tretas a las que había recurrido con Art, no significaban que Sophie tuviese un alma pura.

Sin embargo, estaba empezando a cuestionarse lo que había pensado de ella antes de conocerla. Él no solía equivocarse con la gente, pero en aquel caso su amigo podría tener razón. No iba a creer que Sophie se pasaba el día ayudando a los más necesitados, pero conocerla mejor podría serle útil.

Era una pieza inesperada en un rompecabezas que él creía completo. Había esperado años para vengarse y esperar unas semanas más no iba a matarlo. De hecho, podría darle aún más ventaja.

Miró la expresión ansiosa de Sophie y esbozó una sonrisa.

–No tiene por qué preocuparse. No soy un hombre que se ande por las ramas, señorita Watts... es señorita, ¿verdad?

Sophie asintió con la cabeza, tocándose inconscientemente el dedo anular. Una vez había tenido un novio con el que había soñado casarse y formar una familia. Había soñado con un final feliz, pero la realidad había sido algo diferente.

–¿Tiene novio? –le preguntó él. No se le había escapado el gesto, pero no llevaba alianza. ¿Estaría divorciada? Parecía muy joven, pero era buena idea conocer bien a su presa.

–No veo qué tiene eso que ver con su coche.

–Sí tiene que ver. Usted me debe dinero, pero, si me está diciendo la verdad, parece que no tiene muchas posibilidades de devolvérmelo.

–¿Por qué no iba a decirle la verdad?

Matías estuvo a punto de preguntarle si a su padre le haría gracia ver a su hija trabajando delante de un horno, cocinando para otras personas. No le preguntó, pero estaba seguro de que el catering no era una ocupación seria. O tal vez era una chica rebelde que fingía rechazar el dinero de su padre y su estatus social. Cuando nacías en una familia rica y disfrutabas de todas las comodidades era fácil jugar a ser pobre durante unos días. Por lo que sabía de Carney, mantener las apariencias era su principal ocupación y, con toda seguridad, su hija habría sido arrastrada a ese juego.

Pero no tenía intención de mostrarle sus cartas por el momento. Además, tardaría unos días en comprobar si todo lo que le había contado era cierto. Su coche, por ejemplo, no sugería que tuviese una envidiable cuenta bancaria y la omisión en la renovación del seguro ampliaba esa impresión.

–Tal vez se imagina que declararse insolvente hará que me compadezca de usted.

–No se me había ocurrido –replicó Sophie–. No creo que a nadie se le ocurra pensar que tiene usted buen corazón.

–¿Cómo ha dicho? –momentáneamente distraído, Matías la miró con gesto de incredulidad.

Sophie Watts había ido a decirle que no tenía dinero para pagar el arreglo de su Maserati, se quedaría en la ruina si decidía demandarla y, sin embargo, tenía agallas para criticarlo. Casi no se lo podía creer.

Pero Sophie no se echó atrás. Ella odiaba las discusiones, pero era una persona sincera y directa, y podía ser tan terca como una mula. Tenía que serlo porque se había visto obligada a retomar los esfuerzos de su madre, respirar hondo y exigirle a James Carney que cumpliese con su obligación. Sin embargo, no entendía a Matías. Había mencionado una solución a sus problemas, pero no había dicho cuál era esa solución y no iba a quedarse sentada dejando que la humillase.

—Si fuese una persona más generosa intentaría entender por lo que estoy pasando. Seguramente usted no sabe lo que es tener que luchar para ganarse la vida porque, si así fuera, oportunidad, le pagaría el arreglo del coche, pero tiene que darme una oportunidad.

—¿Esta es su idea de hacerme la pelota? —se burló Matías—. Porque, si lo es, le aseguro que va en la dirección equivocada. No olvidemos que está aquí pidiendo un favor.

Le contaría quién era su padre y cómo, por su culpa, había tenido que luchar por su familia durante toda la vida a su debido tiempo.

Sophie apretó los labios. Tenía mucha experiencia pidiendo favores y había aprendido a la fuerza que doblegarse bajo amenaza no llevaba a ningún sitio.

—Ha dicho que tenía que hacerme una proposición —le recordó, agarrándose a ese salvavidas a cualquier precio. Si solo tuviera que pensar en sí misma habría dado marcha atrás, pero el sustento de otras personas estaba en juego.

Matías estaba encantado con su decisión de explotar la oportunidad que se le había presentado. Sophie podía parecer dulce y complaciente, pero enseguida había dejado claro que no era ni lo uno ni lo otro y, de repente, sentía la emoción de un inesperado reto. Tantas cosas en su vida eran previsibles... Había llegado a la cima del éxito a los treinta y dos años. La gente se doblegaba ante él, buscaban su consejo, escuchaban atentamente cada una de sus palabras, hacían lo posible para complacerlo. Teniendo en cuenta que desde niño había ambicionado poder y seguridad económica, en ese momento debía reconocer, decepcionado, que faltaba algo en su vida, algo que ni siquiera el fuego de la venganza había sido capaz de llenar.

Se había vuelto cínico. Cuando pensaba en el joven hambriento de éxito que había sido una vez, emocionado por la tarea que se había impuesto, sentía como si mirase a un desconocido. Desde luego, el hecho de poder tener a cualquier mujer era algo que había perdido el brillo de la novedad y, por primera vez en mucho tiempo, se enfrentaba a un reto en el que podía clavar los dientes y le gustaba esa sensación.

–Voy a dar una fiesta de fin de semana en una de mis casas –empezó a decir, volviendo a sentarse tras el escritorio y poniéndose las manos en la nuca–. Serán unas ochenta personas y todas esperarán el mejor catering. Yo aportaré la comida, usted se encargará de todo lo demás. Naturalmente, no recibirá remuneración alguna. Si lo hace bien, podremos partir de ahí. No tengo intención de dejarla en la ruina, aunque podría hacerlo. Para empezar, conducir sin estar asegurado es ilegal. Si decidiese ir hasta el final podría acabar en la cárcel. En lugar de eso, he decidido improvisar.

–En otras palabras, dependeré de usted hasta que considere que la deuda está pagada –dijo Sophie.

Matías inclinó a un lado la cabeza, sonriendo.

–Es una forma de verlo.

En realidad, era la única forma de verlo. Así podría conocerla mejor y, por extensión, a su padre. ¿Serían ciertos esos rumores de que metía la mano en la caja de la empresa? ¿Se lo habría confesado a su hija? Si Sophie tenía acceso a ese tipo de información, tendría en sus manos el arma más poderosa para vengarse. Los daños del Maserati no eran más que una excusa. Podía comprar otro con solo levantar el teléfono.

–Y si piensa en las opciones –siguió– se dará cuenta de que es un buen trato. Incluso podría... –Matías tomó la tarjeta– distribuirlas discretamente durante el fin de semana.

–¿Podré llevar a mi socia?

–No, no lo creo, serían demasiados cocineros. Le aseguro que tendrá suficientes ayudantes, pero esencialmente este será su proyecto –respondió Matías, mirando su reloj y dejando claro que la conversación había terminado.

Ella se levantó y lo miró en silencio durante unos segundos. ¿Cómo podía un hombre tan atractivo ser tan cruel?

Aunque al menos no había llamado a la policía. Podría darse de tortas por haber olvidado renovar el seguro. Ella solía tener todos sus papeles en orden, pero últimamente tenía demasiadas cosas en la cabeza.

–¿Lo pondrá por escrito?

–¿Por escrito?

–Para saber qué parte de la deuda se ha cubierto con el catering.

–¿No confía en mí?

Sophie pensó en su padre, aficionado a mentir y con quien el trato siempre había sido tan difícil. Nunca había habido confianza en su relación y pensó que sería prudente no confiar en el señor Rivero.

–No confío en mucha gente –le confesó.

–Tampoco yo confío en mucha gente, pero, como usted misma ha dicho, yo soy una persona fría y me imagino que usted no lo es. ¿Tengo razón?

–He descubierto que tarde o temprano la gente te decepciona, así que me gustaría tenerlo por escrito –respondió Sophie. Y luego se preguntó por qué demonios había dicho eso.

–Muy bien, le diré a mi secretaria que redacte un documento –asintió Matías, levantándose y dejando claro que la reunión había terminado–. Le aseguro que no exigiré que se convierta en mi esclava personal a cambio de una deuda.

Sophie se puso colorada y él tuvo que disimular una sonrisa. Podía entender que Art se hubiera quedado encantado con esa personalidad tan mansa, pero a él no era tan fácil engañarlo. Había visto fuego brillando en los ojos de color aguamarina. Se ruborizaba como una virgen, pero esos ojos brillaban como los de una sirena. Estaba deseando conocerla mejor para desentrañar el misterio y, en el proceso, descubrir todos los secretos de su padre.

–Pero tiene que haber otra forma de solucionarlo. ¡No sé si puedo organizar el cóctel de los Ross yo sola! –había protestado Julie cuando le explicó la situación.

A Sophie se le encogió el corazón por su amiga, pero no podía hacer nada. Había firmado un acuerdo con el diablo y, aunque lo odiaba, no tenía más remedio que cumplirlo.

Había estudiado los pros y los contras de la situación y se había disculpado profusamente con su amiga, que no se sentía tan cómoda como ella en la cocina.

—Mira el lado bueno —le había dicho, intentando animarla—. Piensa en los contactos que podrás hacer. Además, podría habérnoslo quitado todo para pagar la reparación de su Maserati. Yo no sabía que reparar un coche pudiera ser tan caro, es de locos.

Matías Rivero iba a enviar un coche a buscarla y Sophie miró su reloj con una sensación de desastre inminente. Quince días antes, su secretaria le había enviado una larga lista de cosas que «debía llevar, debía saber y debía estar dispuesta a realizar». No podía salirse del menú y cada plato debía ser preparado de acuerdo con todas las especificaciones. Le decía también cuánta gente iba a ayudarla y cómo debía comportarse. Leyendo entre líneas, dejaba claro que no debía confraternizar con los invitados. También fue informada del código de vestuario para los empleados. Por supuesto, nada de tejanos o ropa informal.

Estaba segura de que Matías quería ponerla a prueba y llevaba dos noches preocupada, temiendo lo que podría pasar si fracasaba. Matías Rivero no podía ser tan cruel como para quitarle su casa, pero estaba decidido a recuperar su dinero como fuera. No parecía dispuesto a echarla a los leones, pero tampoco iba a aceptar pagos mensuales.

Aquel sería el catering más importante desde que abrió su empresa y pensar que él estaría observándolo todo con mirada crítica la llenaba de terror. Se preguntó si no le habría encargado una tarea imposible solo para tener la conciencia tranquila cuando fracasase. Matías parecía ser la clase de hombre que veía la crueldad como una virtud.

El coche llegó cuando estaba dando los últimos consejos a Julie sobre el cóctel de los Ross y Sophie respiró hondo mientras tomaba su maleta.

Habría un uniforme esperándola en la casa de campo, situada en el distrito de Los Lagos, pero las instrucciones sobre el vestuario eran tan concretas que había decidido cambiar sus habituales tejanos y camiseta por una incómoda falda gris, una blusa blanca y una chaqueta de lino.

Eran poco más de las diez, con el sol apenas asomando en el cielo, pero el conjunto ya estaba haciéndola sudar.

Se agarró a la esperanza de que seguramente estaría en la cocina todo el tiempo. Con un poco de suerte, no tendría que ver a Matías o a los invitados y, si ese fuera el caso, todo iría bien porque era una buena cocinera, más que capaz de preparar el menú que le habían enviado por email.

Y no tendría que molestarse en buscar los ingredientes porque los empleados de Matías ya se habían encargado de comprarlos.

Sus esperanzas duraron lo que duró el viaje. Se le encogió el estómago cuando el coche atravesó una imponente verja de hierro para deslizarse silenciosamente por un camino flanqueado por árboles. El cuidado jardín se perdía en un bosquecillo a lo lejos. Era un paisaje precioso, pero muy aislado.

Por fin llegaron frente a la casa, encaramada sobre una colina. Ella había esperado algo tradicional, tal vez una mansión victoriana con desteñidos ladrillos rojos y varias chimeneas, pero se quedó sorprendida al ver la moderna maravilla que la recibió. El arquitecto había diseñado la casa como una extensión orgánica de la colina, integrándola en el paisaje, con el cristal y el acero brotando naturalmente de entre las rocas y el follaje.

El camino hacía curva, rodeando un pequeño lago, y poco después llegaron a un ancho patio, lo bastante grande como para acomodar los coches de esos ochenta importantes invitados. Pero, aparte de un par de coches de lujo, en ese momento el patio estaba vacío.

Sophie tragó saliva. Podía perderse entre un montón de gente. En una mansión vacía, y parecía vacía, perderse no sería tan fácil.

Y por razones que no podía entender, razones que iban más allá de las desagradables circunstancias que rodeaban su presencia allí, Matías la hacía sentirse... inquieta. Demasiado consciente de sí misma, incómoda en su propia piel y más nerviosa que nunca.

Alguien se llevó su maleta antes de que pudiera sacarla del maletero y, después, una mujer de mediana edad que se presentó como Debbie la llevó al interior del precioso edificio.

Era un espacio enorme de pálido mármol y pálidas paredes de las que colgaban cuadros abstractos. Podría estar recorriendo un fabuloso castillo de hielo, pensó, sintiendo un escalofrío. Nunca se había sentido tan fuera de lugar.

En el patio hacía calor, pero en el interior de la casa hacía frío y todo estaba en silencio. Cuando por fin apartó la atención del impresionante, pero desolado entorno descubrió que Debbie había desaparecido y que Matías estaba apoyado en el quicio de una puerta.

—Ah, ya ha llegado —comentó, mirando el remilgado atuendo, los zapatos planos y el bolso de mano que había reemplazado al saco de Santa Claus que llevaba el día que la conoció. Sin decir nada más se dio la vuelta para entrar en lo que parecía la cocina, esperando que lo siguiera.

Y Sophie lo hizo. Sentía la tentación de decirle dónde estaría si pudiese elegir, pero se limitó a sonreír amablemente.

–Pensé que habría más gente.

–Los primeros invitados no llegarán hasta mañana –dijo Matías, sin molestarse en mirarla–. Pensé que querría ver la cocina y saber dónde está todo. Venga conmigo.

La cocina era del tamaño de un campo de fútbol, equipada con todo tipo de modernos electrodomésticos. Sophie miró a su alrededor, sorprendida.

–Caray. ¿Va a enseñarme usted dónde está todo? –le preguntó. Matías la miró sin entender y ella enarcó una ceja–. No tiene ni idea, ¿verdad?

–No cocino, suelo comer fuera. Creo firmemente en la teoría de que, si otra persona puede hacer algo mejor que tú, sería una crueldad privarle de esa oportunidad.

Ella se rio, sorprendida de que aquel hombre la hubiese hecho reír en absoluto. Avergonzada, apartó la mirada de esos penetrantes ojos oscuros. Su corazón latía con fuerza y estaba desconcertada porque, de nuevo, sentía esa extraña e inoportuna atracción.

Para empezar, Matías Rivero poseía todas las características que ella detestaba en un hombre: era arrogante, despiadado y totalmente seguro de sí mismo; la arrogancia de alguien convencido de que podía hacer lo que quisiera y nadie pondría objeciones. Tenía poder, dinero y atractivo. Y esa era una combinación que podría ser interesante para otra mujer, pero a ella la echaba para atrás.

Matías Rivero era una versión extrema de los hombres por los que su madre se había sentido atraída; hombres ricos y guapos que siempre la decepcionaban. Había tenido la mala suerte de encontrarse con el peor de todos, James Carney, pero incluso cuando esa relación terminó seguía sintiéndose atraída por hombres egoístas, vanidosos e inmaduros que estaban encantados de pasar un buen rato con ella para luego dejarla cuando empezaban a cansarse.

Sophie había querido mucho a su madre, pero siempre había sido capaz de reconocer sus defectos. Por eso, había jurado ser más sensata y no enamorarse del hombre equivocado. Ella no sería como su madre.

Ayudaba, en su opinión, que ella no tuviese el explosivo atractivo de su madre. Si había cometido un error con Alan... en fin, había sido solo un tropezón, un error del que había aprendido.

Entonces, ¿por qué le costaba tanto apartar los ojos de Matías? ¿Por qué estaba tan nerviosa al lado de aquel hombre tan indolente y peligrosamente sexy?

–¿Por qué no echa un vistazo alrededor? –la animó él, sentándose sobre la mesa para mirarla.

Era muy agradable mirarla. Incluso con esa ropa que le pegaría más a la empleada de una tienda de rebajas. Siendo quien era su padre eso no tenía sentido, pero descubriría la razón tarde o temprano y mientras tanto...

Tenía curvas en todos los sitios adecuados. Las borrosas fotografías del teléfono de Art no le hacían justicia. Sus ojos eran preciosos y sus pechos empujaban contra los botones de la repipi blusa blanca de manga corta. Al menos se había quitado la chaqueta, pensó. Estaba de puntillas, abriendo un armario para mirar los platos, y cuando la blusa se levantó, revelando la pálida y suave piel de su cintura, su inactiva libido, que debería tener mejores cosas que hacer que desear a aquella mujer que no estaba a su alcance, despertó a la vida de manera fulminante.

–Todo parece nuevo –comentó Sophie–. La cocina no se usa a menudo, ¿verdad?

–No se usa mucho –admitió él, cambiando de postura para controlar tan fiera reacción. Su pelo era muy claro, rubio natural, pero fino y rebelde, enmarcando un rostro ovalado casi angelical. Un angelito muy sexy–. Intento venir aquí siempre que puedo, pero siempre tengo mucho trabajo.

–¿Es usted un adicto al trabajo? –le preguntó Sophie, inclinándose para revisar las sartenes y cacerolas. Como era de esperar, no faltaba nada.

En su papel de cocinera era más fácil olvidar la presencia de Matías en la cocina, aunque los ojos oscuros la seguían por todas partes.

–He descubierto que el trabajo es la única cosa de la que puedes depender en la vida –respondió él–. Y, por cierto, así es como conozco a su padre.

Ella se dio la vuelta para mirarlo.

–¿Conoce a mi padre? ¿Lo conoce personalmente?

–No lo conozco personalmente, pero estaba pensando en una posible operación comercial con él, por eso Art se dirigía a su casa el día que usted chocó contra mi Maserati.

–¿El señor Delgado tenía una reunión con mi padre?

–No era una reunión. Art iba a... digamos a sentar las bases para una futura reunión.

En otras palabras, había enviado a Art para hacerle saber a Carney que se le acababa el tiempo. Él se involucraría solo cuando la red hubiera sido lanzada.

–Pobre Art.

Sophie suspiró y Matías la miró con el ceño fruncido.

–¿Por qué dice eso?

–No creo que hubiera llegado muy lejos con James, aunque hubiera conseguido entrar en la casa.

«¿James?».

–¿Llama a su padre por su nombre de pila?

–Él prefiere eso a que le llame «papá» –respondió

ella, poniéndose colorada–. Parece creer que esa palabra lo envejece. Además...

–Además, es usted una hija ilegítima, ¿no? Me imagino que sería un problema para él jugar a las familias felices cuando su mujer vivía.

Sophie se ruborizó aún más. ¿Qué decir y cuánto? Matías no debía saber la clase de hombre que era su padre y, sobre todo, las razones por las que su madre había seguido en contacto con él; un legado que le había pasado a su hija. No tenía intención de contarle nada personal, pero el silencio se alargaba y, por fin, a regañadientes, le explicó:

–Mi madre fue una indiscreción de juventud y no le gustaba que se lo recordasen.

–Carney dejó embarazada a su madre y se negó a casarse con ella.

Sophie se puso tensa. Podía ver a Matías sacando sus propias conclusiones, pero no estaba dispuesta a abrirle su corazón.

La conversación que había mantenido con su padre antes del accidente había sido turbadora. Estaba en la ruina, le había dicho.

–No te quedes ahí, mirándome sin decir nada –le había espetado mientras paseaba por el magnífico, pero anticuado, oscuro y claustrofóbico salón que siempre le había provocado escalofríos–. En parte es culpa tuya. ¡Aparecer aquí mes tras mes cargada de facturas! Ahora no me queda nada. ¿Me entiendes? ¡Nada!

Apoyada en la chimenea de piedra, temiendo que su padre la atacase, Sophie no había dicho una palabra. Lo había escuchado despotricar, vociferar y amenazar hasta que, por fin, había salido de la casa con mucho menos dinero del que necesitaba.

¿Y si decía la verdad? ¿Y si estaba en la ruina?

¿Dónde la dejaría eso a ella? Y, sobre todo, ¿dónde dejaría a Eric?

Como siempre, pensar en su hermano hacía que se le encogiese el corazón. A pesar de todos sus defectos y errores, su madre había protegido fieramente a Eric, su hijo discapacitado. James Carney había estado encantado de acostarse con ella durante cuatro años, para luego abandonarla a ella y a sus hijos cuando encontró a una mujer más apropiada. Cuando se negó a pagar la manutención de sus hijos, su madre se vio obligada a usar la única arma a su disposición para pagar la carísima residencia en la que vivía Eric.

El chantaje.

¿Cómo reaccionarían los distinguidos amigos de James si supieran que se negaba a pagar la manutención de su hijo discapacitado? ¿Qué pensarían si conocieran la existencia de la familia que había engendrado de forma tan irresponsable, convencido de que desaparecerían cuando a él le resultase conveniente?

James había pagado y había seguido pagando porque valoraba la opinión de los demás por encima de todo, no por afecto hacia el hijo al que nunca había querido conocer o hacia la hija a la que detestaba porque era una extensión de la mujer que, según él, iba a dejarlo en la ruina.

Si no quedaba dinero, Eric sería quien pagase el precio más alto y Sophie no estaba dispuesta a permitirlo.

Si Matías estaba interesado en hacer negocios con su padre y ese trato podía hacer que volviera a ser solvente, no le interesaba echarlo todo por tierra contándole lo horrible que era James. Si su padre tenía dinero, Eric estaría a salvo y eso era lo único que importaba.

—Así es la vida —murmuró por fin, encogiéndose de

hombros–. No todos los hombres son honestos y ca-
bales, pero James siempre ayudó económicamente a
mi madre y ahora a... a mí –añadió, jugando con la
verdad.

Matías se preguntó si estaban hablando de la misma
persona.

–Entonces, ¿me recomendaría hacer negocios con
él?

Con los dedos cruzados a la espalda, Sophie pensó
en su hermano, perdido en su mundo en la residencia
donde iba a visitarlo al menos una vez a la semana; su
hermano, para quien la vida sería tan difícil sin los
cuidados de la residencia... unos cuidados que solo el
dinero podía pagar.

–Sí, por supuesto –respondió–. Claro que sí. Estoy
segura de que a él le encantaría hacer negocios con
usted.

Capítulo 3

ATÍAS bajó la mirada, pensativo. De modo que o no tenía ni idea de quién era su padre o lo sabía perfectamente y estaba contaminada de la misma avaricia que él. De ahí el entusiasmo para que pusiera dinero en la empresa de Carney.

Se preguntó si con el tiempo y el cada vez más escaso capital de su padre se había encontrado siendo una víctima accidental de sus limitados recursos. Acababa de decir que Carney las había mantenido a ella y a su madre y Matías había tenido que controlar una carcajada. Pero podría estar diciendo la verdad. Tal vez el viejo coche y las deudas en el banco eran el resultado de los problemas económicos de su padre. Era hija ilegítima, pero tal vez Carney la quería. Al fin y al cabo, no había tenido otros hijos con su mujer. Presentar ante el mundo a una hija que había nacido fuera del matrimonio podría no ser un problema para muchos hombres, pero Carney dependía demasiado de su estatus social como para hacer algo así.

Por un momento, solo por un momento, se preguntó si debía avergonzarlo públicamente sacando a la luz a su hija ilegítima, pero casi de inmediato rechazó la idea porque era demasiado sórdida. Además, pensó, la mujer que estaba frente a él emanaba inocencia y ese plan podría fallar. Si publicase una fotografía de Sophie en una revista sensacionalista, sin la menor duda el público simpatizaría con ese rostro tan sincero y él se convertiría en el malo de la película. Además, los amigos y socios de Carney debían de conocer su existencia.

–Me pensaré lo de hacer negocios con su padre –dijo por fin, observándola como un halcón. Sabía que ocultaba algo porque no lo miraba a los ojos–. En fin, ahora que ha visto el menú, dígame si cree que puede hacerlo.

Sophie disimuló un suspiro de alivio por el cambio de tema. Aunque creía que la mentira estaba justificada, odiaba tener que mentir. Matías podía ser asquerosamente rico y arrogante, pero no se merecía creer que su padre era un hombre honrado porque no lo era. Por otro lado, si tenía que elegir entre la seguridad de su hermano y que Matías invirtiera algo de dinero que ni siquiera echaría de menos, su hermano iba a ganar siempre.

Pero eso no significaba que le gustase mentir y aprovechó el cambio de tema con prontitud.

–Por supuesto –respondió, mirando las encimeras blancas y los brillantes electrodomésticos–. Y ayuda mucho que la cocina esté tan bien equipada. ¿Pensaba hacer muchas fiestas cuando compró la casa?

–En realidad, no compré la casa, hice que la construyeran –respondió él, sacando una botella de vino blanco de la nevera–. Y no tenía planes de organizar muchas fiestas, sencillamente me gusta vivir en sitios amplios –añadió, sirviendo dos copas.

–Ah, qué suerte –dijo Sophie, tomando un sorbo de vino que calmó un poco sus nervios–. Julie y yo lo pasaríamos en grande si tuviéramos una cocina así. Hacemos lo que podemos, pero mi cocina es pequeña y no hay espacio para todos los electrodomésticos que necesito. Si el negocio prospera tendremos que mudarnos a un sitio más grande.

Matías se preguntó si era por eso por lo que lo había animado a ponerse en contacto con su padre. ¿Sería ella la feliz beneficiaria de un acuerdo entre los dos?

Suspicaz por naturaleza y siempre alerta ante cualquier amenaza, le resultaba fácil pensar lo peor de ella a pesar de su aparente inocencia. Si se juzgaba un libro por la cubierta casi siempre acababan por tomarte el pelo.

No solo tenía el ejemplo de su padre, que había pagado un precio muy alto por confiar en Carney, también él había cometido un catastrófico error de juventud. Cuando empezó a ganar dinero y su empresa era buscada por inversores que confiaban en su olfato financiero, se había enamorado de una chica que parecía... normal. Una normalidad que estaba empezando a dejar atrás.

Comparada con las astutas bellezas que hacían cola para estar con él, ella le había parecido el epítome de la inocencia. Había rechazado sus regalos, decía no querer saber nada de los caros restaurantes que estaban abriéndole nuevos horizontes y había insistido en ir al cine y compartir una sencilla bolsa de palomitas de maíz. Nada de restaurantes con estrellas Michelin para ella.

Y él se había dejado engañar hasta que, de repente, ella le había dicho que estaba embarazada. Después de eso empezaron a hablar de matrimonio y si no hubiera descubierto por accidente una caja de píldoras anticonceptivas en su bolso habría cometido el mayor error de su vida. Solo cuando le pidió explicaciones descubrió que era una mercenaria.

Se había salvado por los pelos y eso había sido determinante para él. Un simple error era todo lo que hacía falta para que tu vida descarrilase. Pero no volvería a cometer ese tipo de error, se había prometido a sí mismo. Matías dirigía su propia vida con mano de hierro, sin dejarse llevar por las emociones. Tomaba lo que quería de la vida y descartaba aquello que había dejado de serle útil.

Art era la única persona que conocía ese breve, pero bochornoso episodio y así seguiría siendo. Matías, que había sido testigo de cómo la naturaleza confiada de su padre lo había llevado a un callejón sin salida, no tenía tiempo para montañas rusas emocionales y su desastrosa aventura amorosa había sido el último clavo en el ataúd. Después de eso había enterrado su corazón en hielo y así era exactamente como le gustaba.

—Me dijo que antes del catering había sido profesora. ¿Qué provocó el cambio de carrera?

—Me gusta cocinar —respondió Sophie, mientras se sentaba frente a la mesa de granito negro. Se dio cuenta de que su copa estaba vacía solo cuando Matías la llenó de nuevo—. Nuestros amigos solían pedirnos que organizásemos cenas para ellos y llegamos a la conclusión de que podría ser buena idea hacerlo como profesión. Julie estaba harta de su trabajo como profesora y supongo que yo quería un cambio.

—Hace falta mucho valor para cambiar de carrera —dijo Matías. ¿Se había embarcado en ese cambio con la errónea impresión de que su padre seguiría ayudándola económicamente? ¿Había tenido que pedir un préstamo al banco cuando se encontró sin trabajo e incapaz de sacarle más dinero? ¿Era por eso por lo que tenía problemas económicos?

Él sabía que la situación económica de James Carney era precaria desde mucho tiempo atrás.

—Tal vez, pero mucha gente se ve obligada a hacerlo —respondió ella—. ¿Usted nació entre algodones?

–Lo dice como si no estuviera familiarizada con esa situación.

–No lo estoy –afirmó Sophie.

–Confieso que, dado el estilo de vida de su padre, me resulta difícil creerlo.

–Prefiero no hablar de él –dijo ella entonces, apartando la mirada.

–¿No le gusta hablar de su padre? ¿Por qué? Me imagino que debió de ser incómodo vivir en la sombra, pero si Carney la ha ayudado durante todos estos años no puede ser tan malo. Otros hombres en una situación similar le habrían dado la espalda a esa responsabilidad. Sé que su mujer murió hace años, así que me imagino que fue entonces cuando la tomó bajo su ala...

–No tenemos ese tipo de relación –lo interrumpió Sophie.

Parecía angustiada y Matías se puso alerta.

–La razón por la que pregunto es muy sencilla: si voy a hacer tratos con él me vendría bien saber qué clase de persona es.

–¿Siempre tiene un interés tan especial en todos sus... clientes? –le preguntó ella, más para cambiar de conversación que por otra cosa. En realidad, no tenía ni idea de cómo funcionaba el mundo de los negocios.

–Tengo algunos planes para la empresa de su padre –respondió Matías. Y no era mentira.

–¿Eso es lo que hace?

–¿Qué quiere decir?

–¿Invierte en empresas? La verdad es que yo no sé nada sobre eso, nunca he tenido interés en los negocios.

–¿No le interesa el dinero?

–No tanto como para dedicarme a los negocios o a algo que diese mucho dinero, aunque de haberlo hecho la vida sería mucho más fácil –respondió Sophie. Por ejemplo, pensó, no tendría que soportar la humillación mensual de ir a ver a su padre para pedirle dinero porque la residencia de Eric era muy costosa–. Supongo que no soy lo bastante despiadada.

–¿Está criticándome? –preguntó Matías, burlón. Era raro que alguien se aventurase a dar una opinión crítica en su presencia. Pero como Sophie había dicho, él no tenía buen corazón y si lo tenía lo ocultaba bien. Y las cosas no iban a cambiar por el momento.

Sophie se sentía atrapada entre decir la verdad y mostrarse diplomática. No quería hablar de su padre porque sabía que tarde o temprano metería la pata y revelaría qué clase de hombre era James Carney. Y no podía decirle a Matías Rivero lo que pensaba de él porque le había lanzado un salvavidas y podía retirárselo cuando quisiera. Si hacía bien aquel trabajo, habría pagado una buena porción de la deuda. Como acordaron, había recibido información detallada de lo que podría esperar por el catering de ese fin de semana.

Enfadarlo no sería buena idea, pero le había preguntado y algo en aquel hombre parecía sacarla de quicio.

–Estoy aquí, ¿no?

Matías frunció el ceño.

–¿Qué quiere decir con eso?

–Usted piensa cobrarse su libra de carne del modo que sea y, si eso no es cruel, no sé qué lo es.

–No es cruel –dijo Matías, sin disculparse–. Es sentido de los negocios.

Aunque ella no podía sospecharlo, pensó, intentando sacudirse una punzada de remordimiento. Lo único que importaba era hacer que su despreciable padre pagase por lo que había hecho.

Matías recordó las cartas que había encontrado escondidas en uno de los cajones de la cómoda de su madre. Nunca las hubiera encontrado si no hubieran tenido que llevársela al hospital a toda prisa y él no hubiera tenido que hacer la maleta. El ama de llaves tenía el día libre y Matías, sin saber qué podría necesitar, empezó a abrir cajones... y al hacerlo encontró un montón de cartas sin abrir, sujetas con una goma elástica.

La letra era de su madre, la había reconocido inmediatamente. Habían sido enviadas mientras su padre estaba agonizando, cuando el cáncer que lo había atacado dos años antes reapareció para terminar lo que había empezado.

Sabía que era una indiscreción, pero la curiosidad fue más fuerte que él porque todas esas cartas iban dirigidas al mismo hombre: James Carney. Y todas contenían el mismo mensaje: una petición de ayuda, una solicitud de dinero para un tratamiento experimental que estaban llevando a cabo en Estados Unidos precisamente para el tipo de cáncer que tenía su padre.

Ninguna de las cartas estaba abierta, todas habían sido devueltas al remitente. El hombre que había estafado a la familia Rivero y obtenido una recompensa económica que no le correspondía, o que al menos debería haber compartido con su padre, no tenía el menor interés en lo que su madre había querido decirle. Carney estaba entonces demasiado ocupado dándose la gran vida con sus ganancias ilícitas y los problemas de la familia a la que había destrozado le importaban un rábano.

En ese momento, Matías había decidido que su venganza no podía esperar más. El tiempo de arrastrar los pies había terminado.

Si la hija ilegítima de Carney se encontraba en medio del fuego cruzado, que así fuera. La mujer que estaba sentada frente a él sería parte del plan. Podía hundir a Carney arruinando su empresa, pero tenía la impresión de que había algo más en la saga de su escondida hija. ¿Qué podría contarle Sophie? Cualquier rumor de escándalo económico, cualquier problema en su empresa, cualquier sugerencia de la palabra «fraude» sería la guinda del pastel. Tal revelación no solo golpearía a Carney donde más le dolía, sino que podría asegurarle una larga condena de cárcel. Y ese sería un resultado más que satisfactorio para Matías.

—Julie, mi socia, no estaría de acuerdo con usted —dijo Sophie, levantando la barbilla en un gesto orgulloso—. La he dejado sola, teniendo que ocuparse de uno de los mayores contratos que hemos conseguido desde que abrimos la empresa. Si no lo hace bien porque yo no estoy a su lado, eso podría dañar nuestro negocio. La gente habla y si el cliente queda descontento podría ser el fin para nosotras.

—No espere compasión por mi parte —dijo Matías, sin rodeos. Pero estaba fascinado por cómo se ruborizaba y por cómo sus ojos de color aguamarina, rodeados de larguísimas pestañas, brillaban como gemas.

Su piel era suave como el satén y no parecía llevar una gota de maquillaje. Exudaba sinceridad y si él no fuese el cínico que era sentiría la tentación de creerla.

Matías recordó entonces a su ex, que había estado a punto de llevar su alianza en el dedo porque parecía abierta y sincera. Por suerte, él aprendía de sus errores.

—Voy a darle un consejo: no se meta en negocios con nadie. Claro que ya lo ha hecho, ¿no?

—No le entiendo.

—No debería haberse asociado con alguien que no está a la altura. ¿Ha firmado algo que no le permita separarse de su socia?

Sophie lo fulminó con la mirada, sin molestarse en disimular. Lo miraba con el ceño fruncido, airada, pero él le devolvió una sonrisa burlona. Sintió un cosquilleo mientras le sostenía la mirada. La dejaba sin aliento, haciendo que fuera consciente de su cuerpo de una forma desconcertante e incomprensible para ella.

Sus pechos parecían pesar más, sus pezones eran sensibles de repente, con las puntas duras como piedras rozando el sujetador. Y sentía un inoportuno cosquilleo entre las piernas que la hizo cambiar de postura.

Estaba tan sorprendida que apartó la mirada, con el corazón acelerado, apenas capaz de respirar.

¿Qué le estaba pasando? Era cierto que no había estado interesada en los hombres desde que rompió con Alan, pero eso no podía haberla hecho tan susceptible a un hombre como Matías Rivero, el paradigma de todo lo que ella detestaba. Aunque fuese increíblemente atractivo, debería ser lo bastante sensata como para ver más allá de las apariencias.

—Julie está a la altura —replicó, con una voz que apenas reconocía.

—Si está tan asustada por tener que atender un catering sola yo diría que es incompetente.

—Gracias por el consejo —dijo ella, sarcástica—. Aunque no voy a hacerle caso porque, para empezar, no le he pedido consejo de ningún tipo.

Matías soltó una carcajada. Curiosamente, estaba pasándoselo bien con la única persona del planeta con la que no debería hacerlo. Sí, su misión era descubrir los secretos de Carney, pero no había anticipado que se lo pasaría tan bien.

—¿Le sorprendería saber que nadie más se atreve a hablarme así?

—No —respondió Sophie. Y eso lo hizo reír de nuevo.

—¿No?

–Los hombres ricos siempre se rodean de gente que les hace la pelota. Y aunque no lo hicieran, la gente está tan cegada por el dinero que cambia cuando está con gente rica, se comporta de otra forma.

–Pero usted es diferente –sugirió Matías–. ¿O ha elegido una carrera de penurias económicas porque siempre ha tenido un colchón de seguridad, por si la situación se ponía difícil?

–James nos ha ayudado económicamente, pero le aseguro que nunca ha habido un colchón de seguridad para mi... para nosotros.

Matías achicó los ojos. Ese titubeo...

–Eso no dice nada bueno sobre él.

–Pero como usted mismo ha dicho, podría haberle dado la espalda a su responsabilidad.

–A menos que... –Matías no terminó la frase.

–¿A menos qué? –Sophie lo miró, sintiéndose como un conejo cegado por los faros de un coche. Había algo poderoso e implacable en él. La miraba con la cabeza inclinada y los oscuros ojos enviando flechas de aprensión por todo su cuerpo, como pequeñas descargas eléctricas.

–A menos que no le quedase más remedio.

Sophie se quedó inmóvil. Estaba atrapada entre la espada y la pared. Si le contaba la verdad, él no querría saber nada de su padre y James tendría que declararse en bancarrota. ¿Y qué sería entonces de Eric? La segunda opción era no decir nada y a saber cómo terminaría aquello.

Permaneció en silencio, intentando frenéticamente encontrar la forma de cambiar de tema, pero la expresión alerta de Matías y su penetrante mirada no auguraban nada bueno.

Parecía un perro en posesión de un hueso grande y jugoso, dispuesto a dar el primer mordisco.

–¿Es eso? –insistió él–. ¿Su madre lo presionó para que le diese dinero? ¿Esa es la relación que tiene con su padre? Me imagino que para un hombre como él, en una posición prominente, sería incómodo que la madre de su hija ilegítima fuera a su casa a pedirle dinero.

Sophie solo podía mirarlo en silencio. ¿Cómo demonios había llegado a esa conclusión? Y, sobre todo, ¿por qué estaban hablando de algo sobre lo que ella no quería hablar?

–Mire, yo...

–Carney no tuvo hijos en su matrimonio y... tal vez decidió mimar a su hija secreta –siguió Matías, sin importarle la desazón de Sophie.

–De verdad, no quiero hablar de James –insistió ella cuando el silencio se volvió insoportable–. Sé que está interesado en saber algo de él antes de invertir dinero en su empresa, pero está preguntando a la persona equivocada. No me siento cómoda hablando de mi padre a sus espaldas

Su padre, enfadado, había dicho algo que no entendió bien, algo sobre el rastro que había dejado el dinero que le había dado durante esos años. Según él, ese rastro debería haber sido escondido bajo la alfombra, pero podría ser descubierto por los auditores. Sophie sintió un escalofrío.

Matías se preguntó si debía seguir presionándola, pero decidió que no tenía sentido intentar forzarla a revelar ningún secreto.

Había algo raro, pero lo descubriría tarde o temprano.

Mientras tanto...

–¿Hay algo que necesite saber sobre el trabajo? –le preguntó, cambiando de tema para alivio de Sophie. Su ama de llaves se encargaría de preparar la casa para recibir a los invitados, pero le apetecía seguir conversando con ella.

Su vida amorosa se había vuelto tan previsible... Había cometido un error de juventud y había aprendido de él. Por eso, desde entonces sus relaciones tenían dos cosas en común: la primera, que cumplían siempre el mismo patrón y la segunda, que siempre duraban poco.

El patrón incluía atracción mutua, un breve cortejo ritual con caros regalos, seguido de varias semanas de satisfactorio sexo antes de que empezase a cansarse.

Daba igual con quién saliera o qué clase de mujer llamase su atención, desde una abogada a una modelo, su interés nunca parecía durar mucho.

¿Tendría razón Sophie?, se preguntó. La gente se comportaba de forma diferente en presencia de gente rica, influyente o poderosa. ¿Las mujeres con las que salía estarían tan impresionadas por lo que podía ofrecerles que eran incapaces de relacionarse con él de forma sincera?

Poco acostumbrado a ese tipo de introspección, Matías se encontró preguntándose por qué seguía soltero a su edad y tan hastiado de las relaciones que una vez había disfrutado. ¿Desde cuándo la diversión sin ataduras se había convertido en relaciones cada vez más cortas y menos satisfactorias?

Frunció el ceño, desconcertado por esa violación del protocolo, y volvió a concentrarse en la mujer que estaba delante de él.

—¿Podría ayudarme si tuviese que hacerle alguna pregunta? —quiso saber Sophie.

—No.

Matías esbozó una sonrisa tan repentina y deslumbrante que, por un momento, Sophie se sintió mareada. Era tan... devastador que la dejaba sin palabras.

Y él se dio cuenta. No estaba enfadada, sino a la defensiva. No tenía intención de atacarlo.

Estaba excitada.

Matías experimentó el aguijón del deseo, prohibido, peligroso y tan placentero.

Hacía algún tiempo que no se acostaba con una mujer. Su novia más reciente había durado dos meses, al final de los cuales había sido un alivio despedirse porque ella había pasado de complaciente a exigente en un tiempo récord.

¿Su breve sequía sexual estaría generando una reacción tan emocionante como inesperada?

Había algo innegablemente sexy en Sophie, aunque no podría decir qué era. Y tal vez no debería acercarse a ella.

Pero ¿por qué no? Era una mujer atractiva y hacía mucho tiempo que no conocía a una mujer que pareciese tan desinteresada en el habitual flirteo. No había habido miradas coquetas ni pestañeos o comentarios sugerentes. Además, debía reconocer que estaba allí a la fuerza porque la había puesto en una situación imposible.

Matías la observó con creciente interés. Si quería información sobre Carney, una charla en la cama le daría todo lo que quería saber.

Y así, de repente, su imaginación empezó a volar... se la imaginó en su enorme cama, con la masa de rizos rubios extendida sobre la almohada, disfrutando de su voluptuosa y pálida desnudez. Se preguntó cómo serían sus abundantes pechos desnudos y se imaginó chupándolos...

Una erección dura como el acero hizo que cambiase de postura. Estaba tan incómodo que tuvo que hacer un esfuerzo para borrar esas imágenes tan lascivas.

–Tiene razón –dijo, uniendo las manos sobre el regazo y estirando sus largas piernas–. Si necesita ayuda tendrá que hablar con mi ama de llaves. Ya le he dicho que no tengo el menor interés en saber cómo funciona una cocina.

–Qué suerte –dijo Sophie, intentando que su cuerpo dejase de vibrar y se portase como si fuera suyo.

–No crea que me criaron entre algodones porque no es así –replicó él, frunciendo el ceño porque no estaba acostumbrado a contar cosas personales a menos que fuese estrictamente esencial. No le confiaba sus secretos a nadie, y menos a una mujer que pudiese tomarse eso como una señal para ir corriendo a comprar un vestido de novia.

–Yo no he dicho eso –se defendió Sophie. Pero tuvo el detalle de ruborizarse porque lo había pensado. Rico, arrogante y privilegiado desde su nacimiento, eso era lo que pensaba.

–Tiene un rostro transparente –dijo Matías–. No hace falta que lo diga, lo veo en su cara. Cree que soy un soberbio y tiránico magnate que lo tiene todo y nunca se ha visto obligado a trabajar de verdad en toda su vida.

Ella no dijo nada. Estaba ocupada intentando hacer que su cuerpo se comportase y no dejarse afectar por el letal atractivo de Matías. En cualquier caso, por mucho que intentase decirse a sí misma que estaba respondiendo como lo haría cualquier mujer sana y joven, o hasta una mujer de noventa años y vista cansada, aún no se podía creer que pudiese tener tal impacto en ella.

Para controlar sus desobedientes sentidos incluso hizo lo impensable y desenterró la imagen de su ex, Alan Pace. Sobre el papel, había sido el novio perfecto: pelo rubio, ojos azules y alegre disposición. Con Alan se había sentido segura y cómoda. Sophie había empezado a pensar que estaban destinados a casarse.

Siempre elegía con cuidado a la gente que presentaba a su hermano y cuando, después de tres meses, le habló de Eric, él se había mostrado encantado de conocerlo.

Desgraciadamente, conocer a Eric había marcado el principio del fin para ellos. Alan no estaba preparado para la discapacidad de su hermano y se había quedado horrorizado al pensar que tendría que cuidar de Eric durante el resto de su vida. Y, aunque Sophie le había dicho que Eric era muy feliz en la residencia, siendo sincera no podía descartar del todo que algún día tuvieran que hacerse cargo de él en casa. Después de eso, solo fue cuestión de tiempo que Alan saliese corriendo hacia la salida más próxima.

Pero debía admitir que ni siquiera Alan la había afectado como la afectaba Matías, aunque antes de que todo se estropease había sido el novio perfecto. Entonces, ¿qué demonios le estaba pasando?

Cuando la miraba con esos penetrantes ojos oscuros no se sentía para nada «segura y cómoda».

De repente, le dio pánico parecerse a su caprichosa madre, que se había pasado la vida enamorándose de hombres como Matías, hombres que llevaban el peligro estampado en la frente.

—Da igual lo que piense de usted —dijo por fin, para dar por finalizada la conversación. Y necesitaba hacerlo desesperadamente—. Estoy aquí para cumplir con un contrato y ahora, si me perdona, ¿podría ir a cambiarme de ropa? Y tengo que hablar con la persona que va a ayudarme en la cocina.

Estaba echándolo. Matías no sabía si reírse o indignarse. Se levantó, elegante como una pantera, y metió las manos en los bolsillos del pantalón.

Sophie apartó la mirada. Sabía que se había puesto colorada y que estaba sentada al borde de la silla, rígida de tensión y tan nerviosa que no podía respirar. Matías era tan increíblemente guapo que tenía que hacer un esfuerzo para no mirarlo, pero incluso sin mirarlo su corazón se aceleraba.

–Una idea estupenda –asintió él, notando su apuro y también cómo evitaba su mirada. Experimentaba la emoción del reto, preguntándose qué pasaría después–. Espere aquí, me encargaré de que le enseñen cómo funciona todo. Luego la llevarán a su habitación, que espero encuentre de su gusto.

Matías sonrió, una sonrisa lenta y perezosa, y Sophie asintió con la cabeza, pero él ya se había dado la vuelta para salir de la cocina.

Capítulo 4

S OPHIE solo había podido especular sobre aquel fin de semana en el campo. Había pensado que sería una fiesta de la clase alta como las que veía en las series de televisión: personas vestidas con flotantes túnicas blancas, fumando cigarrillos con largas boquillas y hablando con exóticos acentos extranjeros.

Pero la fiesta de Matías no iba a ser tan tranquila, pensó cuando los primeros invitados, una pareja que parecía salida de la portada de una revista, aparecieron por el camino en un ruidoso coche de época.

Debbie, la simpática ama de llaves, le había dicho que todo el mundo en el pueblo suspiraba por esa fiesta porque la lista de invitados estaba llena de celebridades.

Y Sophie había descubierto que era verdad. Debía de haber unas ochenta personas. Algunos se alojaban en los hoteles de la zona, pero sus chóferes los llevaban de vuelta a la casa para desayunar y para disfrutar de las actividades que tuviesen programadas.

Sophie dedujo que aquel no era un fin de semana de fiesta y diversión con los mejores amigos de Matías, sino más bien una reunión de negocios. Las celebridades del mundo de la comunicación, el cine o el deporte se mezclaban con millonarios de mediana edad que exudaban dinero y poder.

Se imaginó que así era como los millonarios hacían contactos. El suministro de comida era tan constante como el champán. Después del respiro del día anterior, cuando Matías le había presentado a la gente que iba a ayudarla, Sophie no había parado de trabajar desde las seis de la mañana.

El desayuno fue lo primero en el menú, un elaborado bufé, seguido de un aperitivo antes de la comida y, después, la cena a las ocho de la tarde.

Sophie no sabía a qué se dedicaban los invitados cuando no estaban comiendo y no tenía tiempo de pensar en ello porque no paraba de cocinar y dar órdenes, esperando y rezando para que todo saliera bien.

No vio a Matías, por supuesto. ¿Por qué iba a aventurarse en la cocina, donde los humildes empleados se encargaban de atender todas sus necesidades?

Curiosamente, Art, el empleado de Matías, sí había aparecido en la cocina y se había mostrado tan agradable como recordaba. Tan amable y simpático que casi le hizo pensar que había un propósito para su visita sorpresa. Matías le había dicho que Art solo era su empleado, pero estaba claro que entre ellos había un lazo de amistad y eso, tontamente, la hizo pensar que Matías no podía ser el ogro que parecía. ¿La elección de amistades no solía contar la historia de una persona? En fin, no era asunto suyo.

No paraba de trabajar, pero seguía esperando a Matías y, cuando, poco después de las doce, se dirigió a su habitación, se sentía ridículamente decepcionada por no haberlo visto.

Porque quería comprobar que todo estaba a su gusto y, por lo tanto, había pagado parte de la estúpida deuda, razonó. Había trabajado sin descanso y quería confirmar que no había sido en vano, que el primer día había cancelado la suma que acordaron por escrito.

Lo último que necesitaba era que él le dijera que no estaba satisfecho con su trabajo o que los invitados se habían quejado de la comida y tendría que pagar todo el dinero que le debía, aunque eso significara tener que vender su casa.

No sabía cuál había sido la reacción de los invitados porque no había salido de la maravillosa cocina en todo el día. Aparte de los camareros que entraban y salían, varias personas del pueblo se habían encargado de lavar platos, vasos y copas. Además del ejército de empleados, Sophie también había tenido un aplicado ayudante que obedecía todas sus órdenes. Era un paraíso... un paraíso agotador. Y aún tenía dos días más por delante antes de que se fueran los invitados.

Tendría que ver a Matías en algún momento, pensó. Estaba segura de que tarde o temprano asomaría la nariz en la cocina para ver si estaba sacando rendimiento a su libra de carne. En realidad, no entendía por qué no lo había hecho.

No debería dejar que la afectase de ese modo, pensó, recordando la reacción de su cuerpo con un escalofrío de impaciencia. Él se había mostrado implacable cuando estaban solos, pero estando rodeado de amigos ni siquiera se molestaba en comprobar que hacía bien su trabajo. Era absurdo. Y más absurdo aún enfadarse por no haberlo visto. Debería alegrarse de que la hubiese dejado en paz, pero en lugar de sentirse aliviada se sentía tontamente decepcionada.

Cuando el fin de semana estaba a punto de terminar tuvo que aceptar que se iría de allí sin ver a Matías y que sabría el resultado de aquella prueba a través de su secretaria.

Había hecho su aparición el primer día y no tenía intención de volver a aparecer.

Ni siquiera había tenido la oportunidad de explorar la casa. No había querido mezclarse con los invitados porque ella prefería su cocina, pero había esperado tener la oportunidad de admirar las espléndidas habitaciones. No tuvo suerte porque todos los invitados parecían acostarse de madrugada.

Por fin, el lunes se despidieron y el convoy de carísimos coches desapareció por el camino. Un eco de risas y charlas llegaba de la cocina, donde los empleados estaban terminando de limpiar antes de volver al pueblo, sin duda para deleitar a sus familiares y amigos con emocionantes historias de lo que habían visto ese fin de semana.

¿Matías se habría ido también? ¿Se habría ido sin despedirse siquiera?

Debbie le había dicho que debía quedarse en la mansión hasta la mañana siguiente y Sophie había pensado que tendría que hacer el desayuno para los invitados rezagados, pero no era así. Según el ama de llaves, debía ayudar con la limpieza.

La intención de Matías era humillarla, pensó. No solo había tenido que hacerse cargo del menú, que era su especialidad, sino hacer trabajos básicos de limpieza. Y, aunque eso no estaba por escrito, él sabía que no tendría más remedio que hacerlo.

–Encárgate del ala izquierda de la casa –le pidió Debbie–. Todos los invitados de esa zona se han ido ya y no debería haber mucho que hacer. Las habitaciones se han limpiado cada día, así que es solo un último vistazo para comprobar que nadie se ha dejado nada. Además, habías dicho que querías ver las habitaciones, ¿no? Merecen la pena, ya verás. El señor Rivero no viene a menudo, pero siempre es una alegría cuando lo hace porque es una casa preciosa.

Por fin, con unos cómodos tejanos y una camiseta,

Sophie salió de la cocina. No había sacado la cabeza de su parapeto en tres días y decidió tomarse su tiempo explorando la casa.

Subió por una escalera de mármol y cristal, admirando los cuadros colgados en las paredes, y decidió empezar por las habitaciones del primer piso. Debbie tenía razón, todo estaba limpio y perfecto. Los dormitorios inmaculados, las camas hechas, parecía como si nadie hubiese dormido allí.

Tenía la mente en blanco cuando por fin empujó una puerta al final del largo pasillo, con una vista espectacular del lago tras unos ventanales de cristal reforzado del techo al suelo.

Lo primero que notó fue la espesa moqueta bajo sus pies, ya que el resto de la casa era de mármol, madera e interminables alfombras de seda. Automáticamente, se quitó las sandalias y dio un paso adelante.

Miró entonces la enorme cama, las paredes blancas, el vestidor de cromo y cristal, los ventanales sin cortinas o persianas desde los que podía ver el jardín en toda su gloria. A su izquierda había una puerta en la que no se había fijado porque estaba ingeniosamente oculta en la pintura de la pared...

Pero, de repente, por esa puerta salió Matías.

Se quedó tan sorprendida que tardó unos segundos en darse cuenta de que estaba medio desnudo. Evidentemente, acababa de ducharse. Su pelo negro aún estaba mojado y llevaba una toalla blanca atada a la cintura. Aparte de eso... nada. Torso desnudo, piernas desnudas, desnudo todo lo demás.

Sophie quería apartar la mirada, pero no era capaz. Estaba boquiabierta, con los ojos como platos, admirando los musculosos hombros, el ancho torso, el vello oscuro que descendía en flecha hacia la toalla. Era tan intensamente masculino que se quedó sin aliento.

Sabía que estaba mirándolo fijamente y no podía hacer nada para evitarlo. Y, cuando por fin lo miró a la cara, lo encontró observándola con una ceja enarcada.

—¿Ha terminado la inspección?

Matías se había apartado de ella a propósito durante el fin de semana. Después de reflexionar, tuvo que admitir que lo que le había parecido un reto interesante que podía llevar a un número de placenteras situaciones era, en realidad, un plan pobremente concebido por una temporal falta de autocontrol.

Sophie podía ser intensamente atractiva y él podía ser capaz de racionalizar tan visceral respuesta, pero acostarse con ella sería una malísima idea. Sí, después de un revolcón en la cama podría conseguir la información que quería sobre Carney, pero no tenía sentido engañarse a sí mismo; esa no era la razón por la que anhelaba tenerla entre las sábanas.

Lo había hechizado, le había hecho algo que le hacía perder su formidable autocontrol y eso no iba a justificar la información que pudiese darle. De modo que se había alejado. Incluso había pensado en acostarse con una de las invitadas, una modelo a la que había conocido unos meses antes, pero al final descartó la idea.

Porque Sophie se le había metido en la cabeza y, por alguna razón, no le apetecía acostarse con nadie más.

Y allí estaba. Matías miró el rostro ruborizado y luego miró su cuerpo. Con esa ropa tenía un aspecto muy sexy. Los gastados tejanos se pegaban a sus curvas como una segunda piel y la camiseta destacaba unos pechos gloriosos.

El aguijón de su libido demolió cualquier rastro de sentido común. Matías no sabía lo que era operar sin límites autoimpuestos y estaba descubriendo en ese

momento, mientras la miraba y se rendía a una oleada
de deseo, que no podía controlarse.

La emoción de aquel reto no iba a desaparecer
hasta que hubiese lidiado con ella, de modo que atravesó la habitación y cerró la puerta.

Sophie se volvió, mirándolo con gesto de alarma.

–¿Qué está haciendo? –exclamó.

–Estoy cerrando la puerta –respondió él–. En caso
de que no te hayas dado cuenta, no estoy vestido para
recibir visitas –añadió, tuteándola por primera vez.

–Iba a marcharme... –dijo Sophie, dando un paso
atrás, pero era tan laborioso como nadar contra corriente–. No sabía que estuviera aquí.

–¿Dónde iba a estar? Esta es mi habitación.

–Pensé que se había ido con los invitados.

–¿Sin hablar contigo?

–¿He hecho algo mal? –preguntó Sophie, roja
como la grana, indecisa entre salir corriendo y quedarse para escuchar las críticas a su trabajo.

Matías se dirigió al vestidor sin decir nada y ella
empezó a sudar.

–Prefiero hablar en otro sitio. Si hubiera sabido
que estaba aquí no habría entrado.

–Te hago sentir incómoda –murmuró Matías mientras se ponía una impecable camisa blanca... sin quitarse la toalla. No se la abrochó, la dejó abierta, mostrando su fabuloso torso, y a Sophie se le quedó la
boca seca.

–Apenas está vestido –consiguió decir, sin aliento–.
Claro que me siento incómoda. Y no creo que pueda
mantener una conversación sobre mi trabajo en su
dormitorio –murmuró, poniéndose aún más colorada–. Lo que quiero decir es que... este no es el sitio
adecuado para una conversación seria. Si he fallado
en algo...

Cuando él enganchó los bordes de la toalla con los dedos se dio la vuelta a toda prisa y Matías tuvo que disimular una sonrisa. Sophie lo desconcertaba de una forma inusual. Normalmente, él se relacionaba con las mujeres con la misma seguridad con la que se enfrentaba al trabajo. Eran dos cosas conocidas y ninguna provocaba nada en él más que una total certeza sobre el resultado.

Pero con ella... su deseo de venganza empezaba a diluirse, lo que debería estar claro se había vuelto turbio. Había vacilado como un adolescente entre buscarla y apartarse, intentando reclamar su preciado autocontrol, solo para descubrir que se le escapaba de las manos.

Estaba actuando de una forma inusitada y eso lo turbaba porque no le había pasado nunca.

—No has fallado —le dijo—. Si no te importa esperar, nos veremos abajo, en la cocina. Hablaremos allí en cinco minutos.

Sophie salió corriendo de la habitación y bajó volando por la escalera. Una vez en la cocina, tuvo que pararse un momento para recuperar el aliento. Estaba tomando un vaso de agua cuando la puerta se abrió y Matías apareció, guapísimo con una camisa blanca remangada hasta los codos y unos tejanos negros que destacaban sus poderosos muslos.

—Toma algo más interesante que agua —sugirió, sacando una botella de vino y dos copas de un armario—. Te lo mereces. Te impuse una tarea muy difícil y has estado a la altura, debo reconocerlo —dijo Matías, sirviendo el vino en las copas e inclinando a un lado la cabeza a modo de brindis.

Sophie se aclaró la garganta.

—¿Esperabas que fracasase? —le preguntó, tuteándolo.

—Pensé que lo harías bien, pero no sabía hasta qué punto. Todo el mundo ha quedado encantado con la comida.

—Gracias —dijo ella, tomando un sorbo de vino.

—Naturalmente, estos días solo cubren una porción de la deuda, pero es un buen principio.

—¿Estaremos en contacto para... otra fiesta, para que pueda programar mis trabajos? A Julie le ha ido bien en el cóctel de los Ross, pero estaba muy nerviosa y prefiero que no tenga que pasar por eso. Si sé cuándo vas a necesitarme...

—No, lo siento, pero no puedo darte un calendario que convenga a tu socia —la interrumpió Matías. Sentía de nuevo el fiero aguijón del deseo y se preguntaba cómo podía haber pensado que podía hacerlo desaparecer cuando quisiera. Desaparecería, pero solo cuando la hubiese tenido, solo cuando hubiera saciado ese deseo que no tenía sentido y que había aparecido de repente—. ¿Lo has pasado bien este fin de semana?

—Estaba trabajando bajo mucha presión —le confesó ella—. Es el catering más importante que he hecho nunca.

—No has salido al jardín.

—Estaba ocupada trabajando. Además...

—¿Además?

—¿Para qué iba a salir? ¿Para preguntarle a todo el mundo si le gustaba la comida?

—Podrías haber circulado entre los invitados, darles tu tarjeta.

—No, me habría sentido incómoda —admitió Sophie—. Estas fiestas no son lo mío y me habría sentido fuera de lugar.

—Creo que subestimas tus encantos. Yo creo que hubieras estado en tu salsa, más de lo que te imaginas.

Sophie se preguntó si se estaba imaginando ese «algo»

en su tono, algo oscuro y especulativo que enviaba estremecimientos por su espina dorsal, acrecentando su atracción por él. ¿Estaba flirteando con ella? No, no podía ser.

Desconcertada, lo miró en silencio y él le devolvió la mirada, sin hacer el menor esfuerzo por apartarla. Tomó un sorbo de vino mirándola por encima del borde de la copa y el efecto fue devastador.

No tenía defensas porque no sabía a qué estaba jugando. Aquello no tenía sentido. Ella era una empleada, una empleada temporal.

–Yo... debería subir a mi habitación –consiguió decir, intentando disimular que le temblaba la voz–. Si no te importa, aquí ya no queda nada más que hacer y... si estás satisfecho con mi trabajo... entonces tal vez... tu secretaria se pondrá en contacto conmigo... –Sophie se pasó las manos por el pelo. Matías seguía mirándola con esa intensa expresión que le hacía cosas raras a su sistema nervioso–. Y si no te importa... voy a pedir un taxi para que me lleve a la estación. Pensé que algún invitado iba a quedarse hasta mañana y que por eso tenía que dormir aquí esta noche, pero si no hay nadie... –siguió, con un nudo en la garganta–. Me gustaría que no me mirases así –dijo por fin, pasándose la lengua por los labios resecos.

–¿Por qué?

–Porque me hace sentir incómoda.

–Qué curioso, ninguna mujer se ha quejado por que no pudiese apartar los ojos de ella. Al contrario, normalmente hacen todo lo posible por llamar mi atención. Esta es la primera vez que me encuentro en presencia de una mujer a la que no puedo dejar de mirar.

Sophie no era capaz de articular palabra. Era como si sus cuerdas vocales se hubieran secado. Lo único que podía hacer era mirarlo. Matías Rivero era tan ridículamente apuesto que le parecía una locura que estuviese diciéndole esas cosas a ella. Y una locura mayor que todo su cuerpo estuviera derritiéndose como la cera ante una llama por esa mirada.

Ella no era esa persona. Era una mujer sensata y práctica, y sabía que había que poner límites. Aunque no había tenido que poner ninguno desde su ruptura con Alan. Desde entonces, y eso había sido tres años antes, los hombres habían quedado relegados y ni una sola vez había sentido la tentación de tener otra relación. Ni una sola. Entonces, ¿por qué su cuerpo estaba ardiendo en ese momento? ¿Porque un hombre con demasiado dinero, demasiado carisma y demasiado atractivo estaba intentando ligar con ella?

–¿No crees que haya química entre nosotros?

–No sé de qué estás hablando –respondió ella.

Y Matías enarcó una ceja en un gesto de franca incredulidad.

–Pues claro que sí –replicó con toda tranquilidad–. Aunque entiendo que quieras negarlo. Después de todo, es algo que ninguno de los dos esperaba, ¿no?

Nunca había dicho nada más cierto, pensó Matías. De hecho, hubiese apostado más a que subiría a un cohete para ir a Marte.

–Yo no esperaba nada –insistió Sophie.

–Yo tampoco, pero esto es lo que hay. Estas cosas pasan.

De modo que le gustaba y quería acostarse con ella. El cerebro de Sophie por fin pareció volver a funcionar y la rabia empezó a crecer dentro de ella con la fuerza de la lava contenida. Él era un hombre rico y poderoso que la tenía entre sus manos por una deuda que no podía pagar inmediatamente. Y, por eso, pensaba que podía coquetear con ella.

Y lo peor era que se había dado cuenta de que ella

sentía algo, que la atracción era mutua. Pero si pensaba que iba a meterse en la cama con él tendría que esperar sentado.

–Lo siento –le dijo, intentando mostrarse fría–, pero no estoy interesada.

Matías se rio como si hubiera hecho una broma divertidísima.

–¿Estás diciendo que no sientes esta corriente eléctrica entre los dos? Ah, sí, por supuesto que sí –dijo al ver que se ponía colorada–. La sientes ahora. ¿Vas a negarlo?

–Yo no... pienso hacer nada contigo –dijo Sophie. Quería darse la vuelta y salir de la cocina con la cabeza bien alta en un gesto de desprecio. Porque Matías Rivero podría comprar sus servicios, pero no podía comprarla a ella. Sin embargo, sus pies parecían clavados al suelo–. Me tomas por una de esas mujeres que se plantan en tu línea de visión –siguió, con voz temblorosa de rabia–. Pero no lo soy. Estoy aquí porque no hay otra forma de pagar lo que te debo y no quiero arruinar a mi socia, pero eso no te da derecho a tontear conmigo con tal descaro.

Por fin, sus pies parecieron recordar para qué servían y se dirigió hacia la puerta.

Matías la llamó y ella se detuvo. Tan silencioso como un predador acechando a su presa, estaba justo detrás de ella cuando se dio la vuelta y trastabilló, con el corazón latiendo violentamente y todos sus sentidos alerta ante su formidable presencia.

Pero cuando intentó llevar oxígeno a sus pulmones le llegó el aroma de su aftershave y tuvo que tragar saliva.

–¿Crees que tu cuerpo forma parte del calendario de pagos por los daños en mi coche? –le preguntó, con un tono a la vez helado y mesurado.

Ese traidor pensamiento se metió en su cabeza, encendiéndola a pesar de sí misma. Sophie se puso colorada. Dicho así era absurdo porque Matías no necesitaba ningún tipo de ventaja para conquistar a una mujer. Podía tener casi a quien quisiera...

Y la deseaba a ella.

—No, supongo que no —tuvo que admitir—, pero me siento vulnerable estando en tu casa. Al fin y al cabo, tenemos un contrato —Sophie levantó sus ojos azules hacia él—. Yo no soy como esas mujeres que han pasado aquí el fin de semana...

Matías enarcó las cejas.

—Pensé que no te habías fijado en los invitados.

—Algunas entraron en la cocina para pedir cosas.

—¿Y bien?

—¿Qué? Todas eran como clones unas de otras. Altas, delgadas, elegantes. Pensé que alguna de ellas sería tu novia.

—Si tuviese una novia no estaríamos manteniendo esta conversación.

—Pero si ni siquiera nos caemos bien —protestó Sophie—. Por eso es por lo que no deberíamos estar manteniendo esta conversación.

—¿Tienes novio?

—¿Y si lo tuviera? ¿Cambiaría algo?

—Posiblemente —respondió él, inclinando a un lado la cabeza—. O tal vez no. ¿Por qué te comparas con esas mujeres?

—Pensé que esa era la clase de mujer con la que tú estás acostumbrado a salir... ¿y qué verías en mí salvo que estoy disponible?

Estaba jugando con fuego, pero el excitante peligro de aquella conversación era extraña e intensamente seductor. Era una conversación que no había tenido nunca en su vida.

–¿Quieres que te lo deje más claro? –susurró Matías–. Porque lo haré, aunque preferiría hacerlo contigo desnuda en mi cama.

Recordaba haber jugado con la idea de tenerla entre las sábanas porque una charla en la cama podría revelar secretos que aprovecharía para vengarse de su padre. Pero en ese momento, con una fiera erección que exigía alivio, la única charla que quería en la cama era de la variedad obscena. De hecho, solo pensar en ello hacía que se volviese loco.

No sabía qué tenía aquella mujer que le hacía perder la cabeza.

–Eso no va a pasar –anunció Sophie con tono hueco, alejándose de su sofocante y poderosa personalidad–. ¡Nunca!

–¿Estás segura? –Matías se rio suavemente, enardecido como nunca–. Porque ese no es un concepto que yo sea capaz de entender.

–Lo siento por ti –replicó Sophie. Y luego se dio la vuelta y salió huyendo para cortar una conversación peligrosamente explosiva y peligrosamente excitante.

Ni siquiera el lujo de su habitación, que seguía haciéndola suspirar después de tres noches, o el largo baño caliente pudieron aclararle la cabeza.

El rostro oscuro y locamente sexy de Matías aparecía en sus pensamientos continuamente, excitándola y haciendo imposible que conciliase el sueño. Por fin, en la oscura habitación casi a las dos de la mañana, decidió que contar ovejas no iba a llevarla a ningún sitio.

Salió de la habitación en silencio para ir a la cocina. Aparte de las luces de seguridad del jardín, la casa estaba completamente a oscuras. Debería darle miedo y, sin embargo, era extrañamente tranquilizador. Además, conocía la cocina como la palma de su mano y no le hacía falta encender la luz.

Se inclinó hacia el estante inferior de la nevera para sacar un cartón de leche, con intención de hacerse una taza de chocolate. Era hora de descubrir si era cierto que el chocolate caliente animaba el sueño.

No oyó pasos tras ella y no hubo sombras que le advirtiesen de su presencia, así que dio un respingo al escuchar la voz de Matías.

Al incorporarse golpeó con la cabeza el estante de la nevera, tirando botellas y tarros de cristal, y se irguió, roja como la grana, para enfrentarse con un burlón Matías que la miraba desde la puerta con los brazos cruzados.

Capítulo 5

HABÍA cristales hechos añicos a su alrededor. Uno de los tarros contenía la deliciosa mermelada de frambuesa que hacía la señora Porter, una vecina del pueblo.

Sophie estaba segura de que a la señora Porter no le haría ninguna gracia ver su trabajo tirado por el suelo, mezclándose con pepinillos en carísimo vinagre balsámico.

–No te muevas –dijo Matías.

–¿Qué haces aquí? –le preguntó ella con tono acusador. Permaneció inmóvil porque iba descalza, pero se sentía avergonzada por su aspecto. No iba vestida para ver a nadie y menos a él. Era una noche cálida y había olvidado su albornoz en la habitación. Había bajado de puntillas por la escalera solo con la camisola que usaba para dormir y un pantalón corto de pijama que dejaba una indecente cantidad de muslo y pierna al descubierto.

Indecente, claro, si el hombre que había estado persiguiéndote en sueños estaba en cuclillas a tus pies tomando con cuidado los cristales rotos.

Matías no levantó la mirada. Parecía estar totalmente concentrado en limpiar el suelo. Pero las apariencias eran engañosas porque, en realidad, estaba observando de reojo ese pijamita, con la presión sanguínea por las nubes.

–Soy el dueño de la casa –le recordó con irritante

lógica mientras seguía recogiendo los trozos de cristal, intentando apartar su ávida mirada de las bien torneadas piernas en la penumbra de la cocina–. Creo que eso me da derecho a venir cuando quiera.

–Muy gracioso –murmuró Sophie.

–Estoy aquí por la misma razón que tú –dijo Matías, y la miró en silencio durante unos segundos–. No podía dormir.

–Yo estaba durmiendo estupendamente.

–¿Por eso estás aquí a las dos de la mañana?

–Tenía sed.

–No te muevas. Seguramente quedarán fragmentos de cristal en el suelo... supongo que debería limpiar este desastre. No, mejor no, pero no te muevas. Si te cortas tendré que llevarte al hospital.

–No digas tonterías –murmuró Sophie. Pero, en su bochornoso estado de atavío, no se atrevía a moverse. Tendría que quedarse allí mientras él se tomaba su tiempo limpiando todos los cristales del suelo.

Podría darse de tortas por ser tan tonta, pero encontrarse con él era lo último que había esperado. Apenas podía mirar hacia abajo porque lo único que podía ver era su pálida piel, sus pechos sin sujetador, tan grandes que estaban pasados de moda, y los pezones marcados bajo la camisola.

Estúpidamente, empezó a hacer comparaciones con las mujeres que habían acudido a la fiesta. A su lado, ella era el equivalente al patito feo y, aunque ninguna de ellas fuera su novia, Sophie no tenía duda alguna de que ese era el tipo de mujer que le gustaba. Altas, delgadas, con pelo liso y bocas que parecían molestas por tener que sonreír de vez en cuando.

–Podría tardar un siglo y no tengo tanto tiempo –dijo Matías, mirando el suelo. Luego dio un paso adelante y, antes de que ella tuviese tiempo de protestar o incluso de abrir la boca, la tomó en brazos como si no pesara más que una pluma–. Menos mal que yo he sido lo bastante sensato como para bajar a la cocina en zapatillas –murmuró, sonriendo.

–¡Déjame en el suelo!

–No hasta que esté seguro de que esos bonitos pies tuyos no van a pisar un cristal...

–Si pisara un cristal lo sabría –insistió Sophie, notando que su pijama estaba levantándose y arrugándose por todas partes. Uno de sus pechos prácticamente había escapado de la camisola y no se atrevía a mirar. No llevaba ropa interior y su feminidad rozaba eróticamente contra el pantalón del pijama...

Y lo peor de todo era que su desobediente cuerpo parecía tener mente propia. Estaba excitada por la fuerza de sus brazos y la dureza de su torso. Tenía los pezones duros y contraídos, con las puntas empujando contra la tela de la camisola y... sentía una humedad entre las piernas.

Solo podía confiar en que él no se diera cuenta mientras la llevaba a su habitación.

Cerró los ojos y no volvió a abrirlos hasta que sintió que empujaba una puerta.

–Avestruz –se burló él, admirando su cuerpo, cada suculento centímetro de aquel suave y cálido cuerpo que tenía entre sus brazos. Casi podía ver un rosado pezón asomando por encima de la camisola–. ¿Por qué tienes los ojos cerrados?

Sophie los abrió y entonces se dio cuenta de que no estaban en su habitación. Matías la había llevado a su dormitorio, que era descaradamente masculino, desde el vestidor de cromo y cristal a la cama de nogal y acero, sobre la que colgaba un cuadro abstracto. La habitación de la que había salido corriendo unas horas antes.

–Tu habitación –murmuró, cuando por fin sus cuerdas vocales decidieron colaborar.

–Deja que te mire los pies.

–Por favor, Matías...

–Por favor, Matías ¿qué? –murmuró él, depositándola suavemente sobre la cama como si fuera una frágil figurita de porcelana. Pero no estaba mirándola, estaba de nuevo en cuclillas delante de ella y procedió a levantarle un pie para inspeccionarlo cuidadosamente.

¡Era absurdo!

Pero el roce de sus manos hacía estragos en sus sentidos y era tan... sexy.

Algo que sonaba como un gemido escapó de su garganta cuando sus ojos se encontraron.

El entendimiento entre los dos sonó tan alto y claro como el tañido de unas campanas un domingo por la mañana.

Deseo. Ardiente, espeso y eléctrico. Y, definitivamente, mutuo.

–No podemos –se oyó decir a sí misma, rompiendo el silencio. Ni siquiera se molestó en fingir que no sabía lo que estaba pasando y él no fingió que no lo reconocía como una rendición.

–¿Por qué no? –le preguntó.

Había pensado en acostarse con ella con otro propósito, pero ya no podía recordar cuál era porque el frío autocontrol había sido reemplazado por la rabiosa urgencia de llevarla a su cama a cualquier precio.

–Porque esta no es una situación normal.

–¿Qué entiendes tú por «normal»?

–Dos personas que quieren tener una relación.

–El sexo no siempre tiene por qué llevar a una relación seria.

–Para ti no –dijo Sophie. Pero cuanto más la miraba con esos ojos oscuros, pecaminosamente sensuales, más se debilitaba su resolución–. Pero para mí...

Matías se sentó a su lado en la cama.

–¿Para ti?

–Mi madre no tenía mucho sentido común con los hombres. Era muy atractiva... tenía algo que los hombres encontraban irresistible.

–Hablas como si eso fuera algo que tú no tienes.

–Porque no lo tengo –dijo ella, sosteniéndole la mirada–. Los hombres nunca se han chocado contra una farola por mirarme, nunca me han suplicado de rodillas o han aparecido en mi casa con ramos de rosas, esperando que me acostase con ellos.

–¿Y hacían eso por tu madre?

–Ella ejercía ese efecto en los hombres.

–Si ese era el caso, ¿por qué tu padre no se casó con ella? Habían tenido una hija.

Sophie abrió la boca para decirle que James Carney había tenido más de un hijo con su madre, pero el fiero deseo de proteger a Eric la contuvo. Un deseo nacido de la costumbre de salvarlo de la curiosidad de la gente, aunque a él le daría lo mismo.

¿O era por miedo a que reaccionase como lo había hecho Alan al conocer a su hermano discapacitado?

Se dijo a sí misma que le daba igual lo que un desconocido pensara sobre su situación, y más alguien como Matías. Se dijo a sí misma que, si planeaba hacer negocios con su padre, la existencia de su hermano no importaría nada. Y, sin embargo, se tragó la tentación de contárselo todo. De hecho, estaba un poco sorprendida por haber sentido la tentación de hacerlo.

–James siempre pensó que era demasiado bueno para mi madre –dijo por fin, ocultando el dolor que había tras esa afirmación–. Él era rico, ella pobre, y pensó que no valía lo suficiente, que no era la mujer adecuada para él.

Matías apretó los labios porque aquello no era una sorpresa para él, pero al recordar lo importante que era que inyectase dinero en la ruinosa empresa de su padre, Sophie vio esa reacción con cierta alarma.

–Esas cosas pasan –se apresuró a decir, encogiéndose de hombros–. Puede que yo te guste ahora, pero no puedes decir que no sientes por mí lo mismo que él sentía por mi madre. Tú eres rico y poderoso y da igual quién sea mi padre, el hecho es que yo no he crecido en los círculos en los que tú te mueves.

–Tú no sabes en qué círculos me movía de niño –replicó Matías. Se daba cuenta de que él no solía investigar en la vida privada de una mujer. ¿Desde cuándo perdía el tiempo hablando de su infancia con una mujer a la que tenía sobre una cómoda y mullida cama?

–Puedo imaginármelo, no soy tonta.

–Eres todo lo contrario. Aunque fue bastante tonto por tu parte conducir sin tener al día el seguro.

–Por favor, no me lo recuerdes.

–Mis padres no tenían dinero –dijo Matías abruptamente–. Deberían haberlo tenido, pero no fue así. Crecí en un barrio humilde y peligroso, y fui a un colegio público donde aprendí que la única forma de salir de una pieza era siendo más fuerte que los demás. Y eso es lo que hice.

Sophie lo miró, boquiabierta, porque aquella confesión era tan inesperada... pero sobre todo porque estaba confiándole algo importante... y todo le decía que aquel hombre orgulloso y arrogante nunca confiaba en nadie.

Sintió un cosquilleo de emoción y le dio un vuelco el corazón porque tan inesperada confidencia dejaba claro que entre ellos había algo más que deseo. Uno no confiaba así en alguien con quien solo quería acostarse para luego decirle adiós.

Sophie no pensó eso de una forma coherente o analítica. Era más bien una sensación y esa sensación hizo que se relajase. Así era como se superaban las barreras. Pero no estaba pensando nada de eso en aquel momento. Sencillamente, estaba atrapada por el deseo de saber más sobre él.

—Pero ya está bien de charla —dijo Matías entonces—. Que sea rico ahora no significa que no puedas gustarme.

—¿Te gusto? —susurró Sophie. Y él esbozó una sonrisa que hizo que todas las células de su cuerpo temblasen de emoción.

—Pasaría por encima de cristales rotos para tocarte —dijo él entonces, sin tocarla, pero deseando hacerlo con todas las fibras de su ser.

—No digas bobadas —Sophie se rio, temblorosa, intentando convertir esa loca situación en algo prosaico porque no se podía creer que fuera tan impresionable como para se dejarse engatusar por un hombre como él—. Soy bajita y... bueno, más bien rellenita. El mundo está lleno de mujeres bajitas y rellenitas como yo.

—¿Por qué te rebajas a ti misma? Tienes un cuerpo precioso. Crees que no has heredado ese algo especial de tu madre, pero te equivocas, porque lo tienes en abundancia.

«No digas eso», quería gritar Sophie. El suave timbre de su voz le producía una cálida sensación por todo el cuerpo. Era una situación de libro contra la que siempre se había advertido a sí misma y, sin embargo, allí estaba, floreciendo como un capullo bajo el sol y deseando a aquel hombre más de lo que hubiera creído posible.

Se dio cuenta entonces de que su ropa seguía torcida, la camisola plegada, los pantalones arrugados entre las piernas. Matías rozó su muslo sin querer mientras se levantaba y así, de repente, las palabras se derritieron, reemplazadas por la deliciosa fricción de un ardiente deseo.

La luna llena entraba a través de los ventanales, iluminando la habitación con su luz plateada. Sophie era tan guapa que Matías tenía que hacer un esfuerzo para controlarse. Y aun así, no estaba seguro de qué haría si la tocase.

O qué haría él si la tocaba y ella lo rechazaba. Una ducha de agua fría no serviría de mucho.

No tuvo mucho tiempo para ponderar el problema porque Sophie tomó la decisión por él. Levantó una mano para tocar su cara, con sus grandes ojos abiertos de par en par y los suaves labios entreabiertos.

Matías le sujetó la mano y se metió un dedo en la boca, sin dejar de mirarla a los ojos mientras se lo chupaba para que supiera que era así como pensaba chupar sus pezones. Y, sin darse cuenta, ella respondió empujando sus pechos hacia delante sintiendo un hormigueo en los pezones. Con los ojos medio cerrados, gimió cuando él deslizó una mano bajo la camisola para acariciar sus pechos.

Aún tenía el dedo metido en su boca y seguía chupándolo sin dejar de mirarla mientras pasaba un dedo sobre un duro pezón. Solo hizo eso, pero fue suficiente para que Sophie sintiera que estaba al borde del orgasmo.

Era electrizante.

–Te deseo –susurró.

Matías sujetó su mano, jugando con la punta del húmedo dedo.

–Tus deseos son órdenes para mí. ¿Me deseas?

Pues te aseguro que me tendrás, tan duro y tan a menudo como tú quieras.

Sophie había esperado que entrase en ella sin más preámbulos. Podía ver el ansia en sus ojos oscuros, un ansia tan poderosa como la suya. Pero no lo hizo. En lugar de eso, se colocó sobre ella durante unos segundos y luego, lentamente, tiró hacia abajo del pantalón del pijama.

Su piel era tan suave, tan sedosa y pálida a la luz de la luna... Tenía que hacer un esfuerzo sobrehumano para controlar la respiración. De hecho, estaba tan excitado que tenía que hacer un esfuerzo para recordar que respirar consistía en tomar aire y luego soltarlo.

Cuando se incorporó para quitarse la ropa, Sophie se mordió los labios. Nunca había visto algo tan magnífico en toda su vida. Ningún artista sería capaz de hacer justicia a la perfección de ese cuerpo. Un torso ancho, un estómago plano y luego, más abajo, una erección impresionante, un largo y acerado miembro que la excitaba como nada en toda su vida.

Solo había tenido un novio formal. Su experiencia era limitada y nada la había preparado para el impacto de ese lujurioso deseo. Un deseo desprovisto de todo salvo de la necesidad de vivir el momento y tomar lo que le ofrecía. Un deseo que no buscaba nada más allá de sesenta segundos y los siguientes sesenta segundos después de eso.

Sophie nunca se hubiera creído capaz de estar allí o de ser aquella persona porque contravenía todos sus principios. Pero estaba allí y se sentía salvaje, perversamente decadente.

Desnudo, Matías abrió sus piernas y se inclinó para hacer algo tan íntimo que Sophie se quedó helada durante unos segundos.

–¿Algún problema? –preguntó él.

– Yo nunca... nunca he hecho eso.

–Entonces, relájate y disfruta. Confía en mí, me suplicarás que no pare.

Después de decir eso, aplastó sus muslos con las dos manos y hundió la oscura cabeza entre sus piernas. Introdujo delicadamente la lengua entre sus húmedos pliegues y luego ahondó un poco más, haciéndola suspirar de gozo. Rozó el clítoris con el pulgar hasta que lo sintió palpitar y sus gemidos se convirtieron en gritos mezclados con jadeos. Sophie hundió los dedos en su pelo, un minuto empujándolo para que chupase más fuerte, el siguiente tirando de él y retorciéndose en un vano intento de controlar su reacción.

Nunca en toda su vida había sentido algo así. No sabía que tal placer existiera. Abrió los ojos y suspiró al ver la oscura cabeza entre sus piernas. Levantó las caderas hacia su boca y la oleada de placer empezó a consumirla, a apoderarse de su cuerpo. No podía esperar más y terminó. No habría podido parar el *crescendo* del orgasmo como no hubiese podido parar un tren con la palma de la mano.

Gritó, jadeó, se arqueó hacia él y gritó de nuevo mientras los espasmos retorcían su cuerpo.

Pareció durar una eternidad.

–Matías... –empezó a decir cuando por fin volvió a la tierra–. No deberías...

–¿No debería qué? –Matías se había tumbado a su lado y tiró de ella para apretarla contra su costado–. ¿Darte placer? Quería hacerlo. Quería saborearte en mi boca cuando terminases.

–Pero esto no se trata solo de mí.

–Bésame y abrázame –dijo él–. Eres tan preciosa... quiero estar en tu boca, pero antes tengo que besar tus pechos. Llevo mucho tiempo fantaseando con ellos y necesito averiguar si tienen el sabor que me había imaginado.

–¿Has fantaseado con mis pechos?

–No es culpa mía que sean tan preciosos.

–Demasiado grandes.

Matías se apoyó en un codo para mirarlos. Hizo un círculo sobre un pezón con la punta del dedo y vio que se levantaba. Tenía unos pechos generosos y unos pezones que eran como discos bien definidos. Se inclinó hacia delante y pasó la lengua sobre uno de ellos antes de chuparlo. Sabía mejor de lo que se había imaginado. Dulce como el néctar, con una nota de sal.

Sophie tembló cuando se lo introdujo en la boca, acariciando su nuca y luego tirando de su pelo casi sin darse cuenta... sus reacciones eran el más poderoso afrodisiaco imaginable.

Era muy receptiva y, sin embargo, no hacía acrobacias sexuales como tantas mujeres con las que se había acostado; acrobacias con las que esperaban impresionarlo para hacerse un sitio en su vida.

Sophie era sincera y sus gemidos de placer tenían una nota casi de sorpresa, como si cada caricia fuese nueva y sensacional.

Cielo santo, pensó, intentando controlarse; un hombre podía volverse adicto a algo así. Por suerte, él era un hombre frío y algo cínico. Nunca se sentiría atrapado por una mujer, aunque esa mujer lo volviese loco.

Mientras la guiaba hacia su erección supo, por cómo vaciló al principio, que probablemente aquello también era nuevo para ella y eso fue tan poderoso como el despegue de un cohete.

Sophie lamió su miembro, disfrutando al notar cómo temblaba. Hacer eso la hacía sentirse más cómoda por haber terminado antes sobre sus labios con tan salvaje abandono. Luego lo tomó en su boca y empezó a chuparlo, marcando un ritmo que lo hizo gemir y enredar los dedos en su rubia melena.

Su experiencia sexual era muy básica. Sus inocentes escarceos con Alan, el hombre con el que había pensado que acabaría casándose, no podían compararse con... aquello.

Le dolía todo el cuerpo. Aunque no era dolor, sino un anhelo, un cosquilleo por todas partes. Después de soltarlo se tumbó de nuevo, con la espalda arqueada, el pelo extendido sobre la almohada, los ojos cerrados. Sabía que Matías estaba mirándola y eso la excitaba.

Cuando abrió los ojos y lo vio observándola se puso colorada y sintió la tentación de cubrir sus pechos con las manos, pero no lo hizo.

–Te deseo –dijo él con voz ronca, y ella suspiró y sonrió al mismo tiempo, sin poderse creer que estuvieran haciendo aquello, pero deseándolo de nuevo.

–Entonces tómame –susurró.

Los segundos que Matías tardó en ponerse un preservativo le parecieron horas porque estaba ardiendo.

Abrió las piernas y la felicidad y el placer de sentirlo entrando en ella hizo que su corazón se hinchase y encendiese cada rincón de su ser. Empujaba despacio al principio, marcando un ritmo que empezó siendo lento, pero se volvió más firme y fuerte hasta que sus cuerpos se movieron como si fueran uno solo.

Estaban tan conectados que parecía como si hubieran sido amantes desde siempre. Sabía cuándo estaba a punto de terminar y cuando ese cuerpo grande y poderoso se estremeció también ella sintió su propio cuerpo ascendiendo hasta el clímax, moviéndose con el mismo ritmo primitivo.

Agotada, se dejó caer sobre la almohada, jadeando.

Matías respiraba agitadamente, el sudor cubría sus cuerpos como una sábana. Sophie apoyó la cabeza en su torso, suspirando cuando la envolvió en sus brazos.

¿Se había dormido? Debía de haberse quedado dormida, pero cuando abrió los ojos seguía entre los brazos de Matías, con uno de sus muslos entre las piernas y los pechos aplastados contra el torso masculino.

Medio dormida, bajó una mano para tocarlo y, de inmediato, sintió que despertaba a la vida en su mano. No estaba más despierto que ella. Estaban medio dormidos y la unión de sus cuerpos fue algo natural e instintivo, como el amanecer y el atardecer o el cambio de las mareas.

Cuando se despertó a la mañana siguiente, un sol débil y gris se colaba en la habitación. Llovíznaba. ¿Dónde estaba Matías? No estaba a su lado. Sophie bostezó mientras cambiaba de postura y, cuando giró la cabeza, lo encontró trabajando frente a la ventana.

Matías se aclaró la garganta. Aquella situación lo ponía nervioso. El sexo había sido asombroso, pero después...

Se habían dormido uno en brazos del otro cuando él siempre dormía solo. Utilizaba la cama para el sexo, pero se iba a otra cama para dormir. O, más bien, escapaba. Sin embargo, había dormido con Sophie entre sus brazos, y no se le había ocurrido apartarse. Habían vuelto a hacer el amor en medio de la noche... y sin protección. Estaba medio dormido y había sido la experiencia más alucinante de su vida, casi como un sueño y, sin embargo, exquisitamente real. Sus cuerpos se habían fusionado y había terminado de forma explosiva.

–No hemos usado protección –le dijo, girándose en la silla. Su cuerpo respondía de manera automática al rubor de su rostro, al atisbo de sus suaves y generosos pechos. Quería tenerla inmediatamente y eso también lo inquietaba.

–¿Eh?

–Anoche. Me despertaste e hicimos el amor sin protección.

Sophie se sentó en la cama, levantando las rodillas hacia su pecho.

–Yo... no se me ocurrió –empezó a decir. Pero no podía estar embarazada. No podía, pensó, angustiada–. No puede haber un accidente porque este no es el momento del mes y... –no terminó la frase. ¿No lo era? Estaba demasiado nerviosa como para hacer las cuentas–. Y yo no podría tener tan mala suerte.

Desconcertado, Matías frunció el ceño.

–¿Mala suerte?

Sophie saltó de la cama, pero entonces recordó que estaba desnuda y tiró del edredón para cubrirse con él. Haber hecho el amor sin protección lo hacía recordar a la tramposa novia con la que había estado a punto de casarse por un falso embarazo, pero el horror de la expresión de Sophie contaba una historia diferente. Mientras se alejaba de él, su instinto no era acusarla. Su instinto era ir tras ella para llevarla a la cama de nuevo.

–¿De verdad crees que querría quedarme embarazada de ti? –preguntó ella con tono angustiado.

Matías se levantó, tan elegante y tan peligroso como una pantera.

–¿Por qué te molestas en taparte? Te he visto desnuda y, además... puedo ver tus pechos.

A toda prisa, Sophie ocultó el rosado pezón que desafiaba sus intentos de esconderlo. Cuando volvió a levantar la mirada, Matías estaba delante de ella. Llevaba unos calzoncillos, pero aparte de eso estaba gloriosamente desnudo y Sophie tuvo que hacer un esfuerzo para respirar.

–No hablas en serio cuando dices que sería mala suerte haberte quedado embarazada –dijo Matías.

Ella lo fulminó con la mirada.

–Qué arrogante eres.

–A ti te gusta.

–Lo siento, pero no eres mi tipo.

–Eso también te gusta. Es aburrido cuando estás con alguien que es igual que tú. ¿Dónde está la emoción en eso?

–Yo no quiero emociones. Mi madre desperdició su vida buscando cosas emocionantes.

–Tú no eres tu madre –replicó Matías, poniendo las manos sobre sus hombros–. Y puede que no quieras emociones, pero eso no significa que tu objetivo en la vida sea morirte de aburrimiento. Además, creo que me has puesto en la categoría de «emocionante» –siguió, con ese tono perezoso que le producía estremecimientos en la espina dorsal.

–Esto no tiene gracia.

–Ya lo sé, todo lo contrario. Yo escapé por los pelos de una mujer que decía estar embarazada para que le pusiera una alianza en el dedo.

–¿Qué?

Sophie intentaba seguir enfadada, pero el roce de esos dedos sobre sus hombros la convertía en una muñeca de trapo.

Sin que se diera cuenta, Matías la empujaba hacia la cama y cuando cayó sobre el colchón y el edredón desapareció no tuvo la menor duda de que estaba excitada. Sus pezones se habían levantado y la humedad de entre sus piernas era prácticamente visible.

Matías no le dio tiempo a pensar. Nunca se había considerado presa de las irracionales demandas de su cuerpo, pero estaba descubriendo que ella lo convertía en ese tipo de hombre. Aquello no iba a durar mucho, de modo que, ¿por qué no rendirse y disfrutar de una experiencia única?

Se colocó sobre ella y, antes de que Sophie empezase a protestar, deslizó una mano entre sus piernas y la penetró con un dedo, suspirando de satisfacción al notar que estaba húmeda.

–Deja de hacer eso –protestó ella con poco o ningún entusiasmo–. No puedo pensar cuando haces eso. ¡Y tienes la cara de decir que soy la clase de mujer que mentiría sobre un embarazo para casarme contigo!

–¿He dicho yo eso?

–Lo has dado a entender con esa historia sobre tu novia.

Matías se echó hacia atrás para alzar la vista al cielo.

–Yo era muy joven entonces. Pensé que lo sabía todo y que podía con todo, pero resultó que no podía competir con una mujer que quería aprovecharse de mí. Ella había visto mi potencial... ya estaba ganando mucho dinero y conducía un Ferrari rojo como un loco.

–«Detestable» es la palabra –sugirió ella, pero le gustaba que estuviera riéndose de sí mismo.

–Mucho –asintió él–. Me dijo que estaba embarazada, pero descubrí que era mentira.

–Has dicho que yo no era como mi madre –murmuró Sophie, aún a la defensiva y molesta, pero deseándolo tanto que le dolía–. Y tampoco soy como tu exnovia.

–Muy bien. Y ahora que hemos aclarado eso...

–Matías puso una mano sobre sus pechos y empezó a acariciar un rosado pezón que suplicaba ser besado– ¿por qué no nos saltamos el desayuno?

–Tengo que volver a Londres –consiguió decir Sophie, sin aliento.

–No, de eso nada. ¿Has olvidado que aún tienes una deuda que saldar?

–¡Pero no así!

–No, claro –asintió Matías, poniéndose serio–. Pero me gustaría encargarte que me hicieras el desayuno y aún no tengo hambre... al menos de comida.

–Matías...

–Te quiero en mi cama. Y luego, cuando hayamos hecho el amor y te haya dado placer de todas las formas posibles, me gustaría contratarte para que me hicieras el desayuno porque sigue habiendo una molesta deuda que pagar. ¿Te parece bien?

–Muy bien, de acuerdo –respondió ella, con el ceño fruncido–. Pero cuando nos vayamos de aquí...

Matías enarcó una ceja mientras acariciaba el triángulo de rizos de entre sus piernas y sonrió al ver que ella perdía el hilo.

–¿Sí?

–Cuando nos vayamos de aquí –intentó seguir Sophie, jadeando–, nada de esto habrá pasado, ¿de acuerdo? Yo volveré a mi trabajo para pagarte el dinero que te debo y tú al tuyo. De vuelta a la normalidad.

–Muy bien –asintió Matías. La deseaba más aún cuando ella imponía las reglas. Tal vez porque siempre había sido al revés–. Pero ya está bien de charla...

Capítulo 6

POR PRIMERA vez desde que llegaron allí, Sophie pudo admirar a placer la enorme mansión de Matías. Se quedó para hacer el desayuno esa mañana... y la mañana siguiente.

–Pensé que todos los invitados se habían ido –protestó Julie con tono sorprendido cuando la llamó para exponerle la situación.

Sophie le explicó que tenía que quedarse. ¿Y qué otra cosa podía hacer, considerando que estaba en deuda con Matías Rivero y que tenía que hacer lo que él le pedía o enfrentarse a la ruina de su negocio?

Había una parte de verdad en ello, pensó, para olvidar el sentimiento de culpabilidad por hacer novillos... porque así era como se sentía.

Estaba preparando el desayuno para Matías, pero esa era una ridícula excusa para lo que de verdad estaban haciendo. Era su amante y estaba disfrutando de cada segundo. Se había encerrado en sí misma tras su experiencia con Alan y se sentía liberada de una forma que nunca se hubiera imaginado. Estaba disfrutando de un viaje de descubrimiento y había dejado de preguntarse cómo era posible cuando Matías era un hombre tan poco adecuado para ella. Solo sabía que añadía una loca dimensión a su vida, que le hacía olvidar los principios que se había pasado toda su vida fomentando.

Estaba siendo temeraria por una vez y le gustaba.

«Tú no eres tu madre», le había dicho Matías. Y ella le había hecho caso y había decidido vivir un poco sin regañarse por ello. Muy bien, Matías no estaría a su lado para siempre, pero eso no significaba que su vida fuera a ser destruida, no iba a buscar hombres como él a partir de ese momento. Matías era su paseo por el lado salvaje, ¿y por qué no iba a disfrutarlo si tenía la oportunidad?

Era rico, poderoso, arrogante y seguro de sí mismo hasta un punto ridículo, pero también, era un amante extremadamente considerado, tenía un gran sentido del humor, la entendía y era increíblemente inteligente.

Por encima de toda esa diversión, sin embargo, flotaba la certeza de que no estarían juntos durante mucho tiempo. Aunque, cuando pensaba en eso, su vocecita interior le susurraba: «¿O tal vez sí? Después de todo, sigues teniendo que pagar el resto de la deuda. Tal vez tendrás que preparar más desayunos».

El desayuno fue una elaborada mezcla de huevos, espinacas, jamón y salsa holandesa sobre pan recién hecho. El olor del pan llenaba la cocina mientras Sophie retiraba los platos y Matías se reclinaba en la silla como dueño y señor, repleto después de haber saciado su apetito.

Luego la llamó, tocándose las rodillas.

–Siéntate –le ordenó con una sonrisa en los labios, observándola mientras se acercaba a él moviendo las caderas, fresca como una flor sin una gota de maquillaje y más sexy que el demonio con unos tejanos recortados y una camiseta ancha.

No llevaba sujetador y eso le gustaba. Le gustaba poder alargar una mano y tocarla sin tener que molestarse con incómodos cierres.

Llevaban dos días tonteando como adolescentes y

Matías no se cansaba de ella. No había vuelto a hablar de su padre, ni siquiera había pensado en ello. En lo único que pensaba era en ese cuerpo fabuloso y en lo que ese cuerpo le hacía.

–Un buen desayuno –murmuró, mientras ella se sentaba obedientemente sobre sus rodillas. Deslizó una mano bajo la camiseta para acariciar sus pechos desnudos y luego la colocó a horcajadas sobre sus rodillas y empezó a chupárselos.

No sabía qué tenía Sophie que podía hacer que se comportase como un adolescente en celo, pero así era. En sus momentos de cordura recordaba quién era y cuál era su plan cuando insistió en que pagase la deuda trabajando para él. Desgraciadamente, esos momentos de cordura eran cada vez más raros.

Verla moverse por la cocina, en una parodia de vida doméstica que debería haberlo hecho salir corriendo, le había despertado una urgente erección y chupar sus pezones estaba intensificándola hasta un punto doloroso.

Sintió más que ver que ella sonreía mientras bajaba una mano para tocar el rígido miembro, sujetándolo firmemente por encima de los tejanos. Por instinto, Sophie se levantó para quitarse la camiseta y luego tiró de los tejanos... con un poco de ayuda por su parte.

Era tan hermoso que la dejaba sin aliento. No se podía creer que en solo unos días hubiera pasado de novicia a lujuriosa, que floreciese bajo sus caricias como una planta que hubiera recibido nutrientes. Él la animaba a que lo tocase, a experimentar, a regodearse en la adoración de su cuerpo. Y era un maestro fabuloso, prodigando atenciones a cada centímetro de su cuerpo, enseñándola cómo y dónde tocarlo para darle placer.

Con los pantalones y los calzoncillos en el suelo, Sophie tomó su miembro entre las manos y jugó con él, disfrutando cuando Matías se echó hacia atrás en la silla y adorando el gemido gutural que escapó de su garganta. Él puso las manos sobre su cabeza cuando lo tomó en la boca y enredó los dedos en su pelo cuando empezó a chupar.

Estaban en un paraíso privado, en una deliciosa burbuja en la que podían satisfacer su apetito sin interrupciones; una burbuja en la que los pensamientos, las conjeturas y la realidad, al menos para ella, no podían inmiscuirse.

Sophie se levantó. Matías tenía los ojos cerrados y sus espesas pestañas creaban sombras sobre los altos pómulos. Respiraba con dificultad. Él sabía lo que iba a hacer y estaba esperando perezosamente que le diese placer.

Sophie no podía quitarse los tejanos y las bragas con suficiente velocidad. Eso era lo que le hacía Matías; hacía que todo su cuerpo ardiese con el deseo de dar y recibir placer. Estaba húmeda, deseando tenerlo dentro de ella.

Sabía dónde guardaba los preservativos y rápidamente tomó uno del bolsillo del pantalón que se hallaba en el suelo. Habían hecho el amor sin protección una sola vez y no volverían a hacerlo nunca más. Sacó el preservativo de su envoltorio y tomó su miembro entre las manos para ponérselo.

Sus ojos soñolientos la excitaban aún más y dejó escapar un gemido mientras se colocaba sobre él, sintiendo un hormigueo en todas sus terminaciones nerviosas cuando él la tomó por la cintura y la empujó hacia abajo para empalarse en ella, dejando que la llevase a sitios donde solo él podía llevarla.

Matías tiró de su cabeza para besarla mientras Sophie se movía arriba y abajo. El urgente y apasionado beso hizo que estuviera a punto de terminar, cayendo hacia delante, moviéndose al ritmo que él marcaba hasta que el mundo explotó y lo único que podía sentir era el intenso placer de un orgasmo que no parecía terminar nunca, remitiendo por fin en eróticas oleadas que la dejaron temblando.

Apoyó la cabeza sobre su torso, escuchando el rítmico latido de su corazón. Pero estaban a punto de caerse de la silla y, a regañadientes, se apartó y empezó a ponerse la ropa.

Él, tenía un aspecto tan calmado... completamente relajado, con los ojos entornados mientras la veía ponerse la camiseta y las bragas.

Matías no se avergonzaba de su desnudez. En cambio ella, a pesar de haber hecho el amor docenas de veces, seguía teniendo que ponerse la ropa. No podía pasearse desnuda, aunque a él no podría importarle menos.

Matías se levantó, flexionó los músculos y la miró ladeando la cabeza con una sonrisa satisfecha en los labios.

—Me temo que el trabajo me llama —le dijo, dignándose a ponerse los tejanos y nada más—. El trabajo es una amante extraordinariamente exigente.

—Sí, yo también tengo que trabajar —dijo Sophie. Tenía el corazón encogido, pero intentó sonreír—. Julie estará tirándose de los pelos porque hemos conseguido un buen contrato y no es fácil planear un menú por teléfono.

—Sigues debiéndome dinero por el coche —le recordó Matías, tomándola por la cintura e inclinándose para hablar sobre su pelo. El roce de su cálido aliento hizo que se estremeciera. No podía evitar sonreír de oreja a oreja. Sabía que la situación no iba a durar y aquello era lo menos sensato que podía hacer, pero la tentación de pasarlo bien era irresistible. No podía pensar en nada más–. Pero debo admitir que estás pagando la deuda rápidamente –siguió él–. Puede que aún te necesite durante unos días. Disfruto mucho del catering privado que me has proporcionado. Me refiero a esos excelentes desayunos, por supuesto.

Sophie se dio la vuelta.

–Me gusta hacer el desayuno pero, ¿cómo vamos a hacer esto? –le preguntó, mientras le echaba los brazos al cuello–. Quiero decir, ¿cómo va a funcionar? ¿Hay un plazo determinado? Si decido poner fin a esto, ¿qué pasaría?

–¿Crees que voy a penalizarte si decides dejar de ser mi amante? No, en absoluto. Yo no soy así. Eres libre para elegir. Sigo deseándote, Sophie, pero no quiero que te sientas obligada a darme placer por miedo a que cambie de opinión.

La burbuja empezaba a pincharse. No iban a estar juntos las veinticuatro horas del día, haciendo el amor, hablando, haciendo el amor de nuevo. Matías se había apartado a ratos para trabajar y ella había llamado a Julie para recordar que la vida real seguía adelante fuera de la mansión de cristal, pero habían estado juntos casi todo el tiempo.

Vivir el momento había sido tan fácil... Había sido capaz de olvidar la vida real porque la vida real estaba fuera de la mansión de cristal y cemento. La vida real estaba en Londres. Pronto volvería a Londres y, aunque le había dicho que una vez que se fueran de allí lo suyo terminaría, ella no quería que terminase y eso la asustaba.

No habían hablado del dinero que seguía debiéndole por los daños del Maserati y no le importaba porque había descubierto que, a pesar de ser increíblemente arrogante, Matías también era un hombre justo y razonable.

Lo que le preocupaba era el trato que Matías estaba pensando hacer con su padre. Ese también era un tema del que no habían hablado, pero aparecería en cuanto saliesen de la burbuja y volviesen al mundo real. Le había dado a entender que James Carney era alguien con quien debería hacer negocios. No le había contado la verdad sobre su padre porque lo que estaba en juego era el futuro de su querido hermano, pero, de repente, era de vital importancia hablarle de Eric. De ese modo, cuando hiciese el trato con su padre y James Carney mostrase quién era en realidad, lo cual era inevitable porque su padre era quien era, Matías sería capaz de sumar dos y dos y entender por qué había hecho lo que había hecho, por qué no le había advertido.

No habría ningún problema, se dijo a sí misma. Su padre estaba en la ruina y necesitaba a Matías, así que de momento se portaría bien.

–Muy bien –dijo en voz baja, preguntándose cómo empezar la conversación. Por fin, decidió decir lo que tenía que decir sin preámbulos–. Y en cuanto a mi padre...

–¿Sí?

Matías se puso alerta. Era la primera vez que hablaban de Carney en esos días cuando el propósito original de su estancia allí era conseguir información que le fuese útil. Le molestaba haber estado tan obsesionado con ella que había perdido de vista su objetivo.

–¿Sigues interesado en invertir dinero en su empresa? –le preguntó Sophie. Tenía preparada la historia sobre Eric y se quedó un poco sorprendida ante el repentino silencio con que fue recibida su pregunta.

–Ah, claro, no hemos hablado de eso, ¿verdad?

–Creo que ha habido un par de distracciones –bromeó ella.

–Sí, es cierto –asintió Matías, mirándola con frialdad. Estaba sumando dos y dos y no le gustaba el resultado.

–¿Qué te pasa?

–¿Por qué crees que me pasa algo?

–No lo sé. ¿Qué he dicho? Solo había pensado que... nos vamos de aquí y quería hablar de lo que va a pasar.

–¿Por qué empiezas la discusión hablando sobre mis planes para la empresa de tu padre? Pero en fin, ahora que has sacado el tema... ¿no sabías que tu padre tiene serios problemas económicos? –preguntó Matías, observándola atentamente, inmóvil como una estatua.

Sophie lo sabía. Estaba ahí, escrito en su rostro. Se había hecho la inocente, pero había sabido desde el principio que su padre estaba en la ruina. Ni siquiera intentó negarlo.

–Por supuesto, si voy a hacer negocios con él –siguió Matías–, tendré que hacer ciertas pesquisas.

–¿Pesquisas? –repitió ella.

Matías se encogió de hombros.

–El mundo de los negocios es muy pequeño y ha habido rumores sobre ciertos negocios turbios...

Sophie se puso pálida. Le temblaban las rodillas y no era capaz de reaccionar. Pensó en lo que revelarían esas pesquisas. No sabía nada con certeza, pero sospechaba...

–No creo que eso sea necesario –susurró.

–Ah, vaya.

Matías sacudió la cabeza. Lo habían engañado otra vez. Sophie se había acostado con él para facilitar el trato con su padre, que ella sabía no tenía un céntimo y era un estafador. Evidentemente, le daba miedo que hiciese averiguaciones porque eso podría abrir la caja de los truenos. Matías tenía la información que quería, pero experimentaba una furia volcánica al descubrir que Sophie había jugado con él.

—Pareces aprensiva. ¿Pensabas que podrías distraerme para que pusiera dinero en tu cuenta corriente sin hacer pesquisa alguna?

Sophie intentó entender lo que estaba diciendo, pero no era capaz. ¿Qué quería decir con eso? Intentaba concederle el beneficio de la duda y encontrar una explicación razonable para esa expresión helada, pero empezaba a sentir escalofríos.

—No sé de qué estás hablando.

—¿Ah, no?

Ni siquiera su engañosa exnovia había conseguido enfadarlo de ese modo. No había aprendido nada porque habían vuelto a engañarlo. Si lanzaba el puño contra la pared atravesaría el ladrillo, tan poderoso era el torrente de emociones.

—No sé por qué no me cuestioné que pasaras de ser una mosquita muerta a una mujer ardiente y dispuesta al sexo.

—¿Cómo puedes decir eso? —exclamó ella.

—Si no recuerdo mal, enseñabas las garras el día que me conociste...

—¡Porque fuiste muy desagradable! ¡Porque me amenazaste con cerrar mi negocio si no pagaba la deuda!

—Pero entonces tomamos una decisión satisfactoria para los dos, ¿no? ¿Fue entonces cuando decidiste meterte en la cama conmigo, cuando descubriste que podría estar interesado en hacer negocios con tu padre? ¿Pensaste que era inteligente ocultarme los problemas de Carney y el hecho de que es un estafador?

¿Pensabas que tu cuerpo sellaría el acuerdo a pesar de eso?

Sophie lo miraba con los ojos como platos. Estaba viendo a un desconocido. El hombre seductor que podía encenderla con una sola mirada había desaparecido por completo.

–¡No! Yo nunca haría algo así. La única razón por la que he mencionado a mi padre es... bueno, porque quería contarte algo importante...

Matías levantó las manos.

–No estoy interesado, déjalo. La cuestión es que hay algo que tú deberías saber.

El sexo era el sexo y los negocios, los negocios. Su intención era vengarse de Carney y había sido un idiota por distraerse con su fabuloso cuerpo y su bonito, pero engañoso rostro.

Sophie estaba atónita, incrédula. Matías se paseaba por la cocina, inquieto y vagamente amenazador.

–La verdad es que el interés que tengo en tu padre no llevará a ningún negocio lucrativo que llene tus bolsillos –dijo Matías entonces. Estúpidamente, casi quería que ella lo negase, pero Sophie permaneció en silencio y, por su expresión desolada, entendió que eso era exactamente lo que había esperado.

Se había convertido en su amante porque el sexo era el arma más persuasiva. Matías apretó los labios, sentía que se le helaba la sangre en las venas.

–No lo entiendes –empezó a decir ella en voz baja. Pero todo parecía desarrollarse a una sorprendente velocidad y su cerebro no era capaz de seguir el ritmo.

–Creo que lo entiendo muy bien. Pero hay algo que tú no entiendes. No solo no voy a poner dinero en el negocio de tu padre, sino que mi intención es muy distinta. No voy a hacerle ningún favor al canalla de tu padre, voy a ser su ruina –Matías apretó los dientes cuando ella lo miró boquiabierta–. Puede que no lo recuerdes, pero mencioné de pasada que mis padres deberían haber sido ricos, que deberían haber disfrutado de todos los lujos como tu padre, pero lamentablemente no fue así.

–Lo recuerdo. Había pensado preguntarte, pero...

–Claro, estábamos distraídos –la interrumpió él, con una sonrisa helada–. Deja que te lo explique: tu padre robó una invención de mi padre y la usó para apuntalar el ruinoso negocio que había heredado de su familia. Y, en el proceso, se hizo rico, más de lo que nunca se hubiera podido imaginar. Mi padre era un ingenuo que confió en él, un sencillo emigrante que se asoció con el canalla de tu padre, sin saber que iba a robarle los derechos de un software que él había inventado. Lo sé porque he visto pruebas con mis propios ojos, cartas que guardó mi madre. Nunca se le ocurrió que podría haberlo denunciado para recuperar lo que era suyo.

–No... –murmuró Sophie. Pero la verdad era que lo creía porque eso era algo que haría James Carney.

–Mi padre nunca se recuperó de esa traición. Lo que tu padre hizo nos afectó a todos, a toda mi familia. Mi padre murió prematuramente de una rara forma de cáncer, ¿y quieres saber lo peor? Recientemente he encontrado unas cartas escondidas entre las cosas de mi madre, unas cartas en las que suplicaba dinero a tu padre para enviar al mío a Estados Unidos... a un hospital en el que hacían experimentos clínicos sobre el cáncer que padecía y que mis padres no podían pagar.

–Lo siento mucho –susurró ella.

–Así que –siguió Matías, con cada sílaba cargada de condena– mi intención ha sido desde el principio hacer pagar a tu padre por lo que hizo.

–¿Qué estás diciendo?

–Sé que tu padre está en la ruina. Quería más información y la he conseguido. Considerando lo que hizo, creo que una temporada en la cárcel es un castigo justo para él, ¿no estás de acuerdo? Así que gracias por corroborar mis sospechas. Ahora sé qué piedras levantar cuando tenga la empresa de tu padre en mis manos.

Sophie experimentó una oleada de náuseas. Había aceptado que eran barcos cruzándose en la noche y había justificado su deseo, su lujuria por aquel hombre, pero Matías la había engañado. Había conseguido despertar una parte de ella que no sabía que existiera. La había hecho reír y olvidar todas sus preocupaciones. Cuando estaba con él dejaba de ser la chica que se había llevado una desilusión con su ex, la chica que tenía que suplicar dinero a su padre cada mes, la chica con un hermano discapacitado a quien debía proteger, la chica cuya joven empresa podría hundirse en cualquier momento, dejándola sin nada. Cuando estaba con Matías, por extraño que fuese, se había sentido libre, sexy, joven, feliz.

Pero todo había sido una ilusión. Él la había utilizado para conseguir información sobre su padre y la profundidad de la herida estaba ahogándola.

–Te lo he puesto en bandeja sin darme cuenta, ¿verdad? –murmuró, desesperada–. Te importa un bledo que yo nunca le haya hecho daño a tu familia.

No iba a contarle nada sobre Eric y se odiaba a sí misma por haber sentido la tentación de hablarle sobre su querido hermano. A aquel hombre despiadado y sin sentimientos le daría igual.

–No se trata de ti, sino de tu padre –respondió Matías.

–¿Te gustaba siquiera? –preguntó ella, con lágrimas en los ojos. En realidad, no quería conocer la respuesta a esa pregunta, pero no podía evitarlo.

Matías enrojeció. Le dolía ver ese brillo de dolor en sus ojos, pero no iba a dejarse engañar. De ningún modo iba a dejar que ella diese la vuelta a la situación y lo hiciese parecer el malo. Sophie quería dinero y ese era el resumen de la historia.

–Debería haberme preguntado por qué un hombre como tú me miraría dos veces –siguió Sophie con amargura.

–¿Vas a negar que querías que pusiera dinero en la empresa de tu padre porque eso te beneficiaría?

Sophie cerró los ojos.

Necesitaba ese dinero, pero se moriría antes de contarle por qué. Tenía que aceptar que Matías la había utilizado para vengarse de su padre, nada más. No había nada entre ellos. Todo había estado en su cabeza, él la odiaba por un delito que no había cometido.

Matías notó que no podía mirarlo a los ojos y apretó los puños, conteniendo el deseo de golpear la pared. Se sentía incómodo en su propia piel y eso lo encolerizaba. Se dirigió a la puerta y se quedó allí unos segundos, inmóvil y, sin embargo, exudando una salvaje energía.

–Nuestro regreso a Londres marcará el final de esta relación.

–¿Y el dinero que te debo? –le preguntó ella, asustada.

–¿De verdad crees que quiero volver a verte?

Sophie tuvo que hacer un esfuerzo para contener las lágrimas. No quería llorar delante de él, pero temía hacerlo. Su corazón galopaba dentro de su pecho y empezaba a dolerle la cabeza.

–Vas a quitarme mi empresa –le dijo–. Te da igual a quién hagas daño con tal de vengarte de mi padre.

Da igual que yo no tenga nada que ver con lo que mi padre le hizo al tuyo.

Matías apretó los labios. Sus ojos vagaron por el desafiante rostro ovalado, por el cuerpo que tan recientemente había hecho suyo. Estaba furioso, pero su cuerpo seguía respondiendo ante ella de un modo desenfrenado.

Se recordó a sí mismo que Sophie había intentado animarlo para que hiciese negocios con su padre porque quería dinero. Podía intentar disfrazarlo, pero él había tenido razón: de tal palo, tal astilla. Sophie llevaba la avaricia en la sangre.

—Considera la deuda saldada por completo —anunció—. No voy a quitarte tu empresa, así que puedes respirar tranquila. Cuando salga de aquí, cualquier relación entre nosotros habrá terminado. Le diré a mi secretaria que te envíe un email confirmando que no me debes nada por los daños en mi coche. Deberías considerarte afortunada porque no hay límites para mí cuando se trata de buscar justicia por lo que tu padre le hizo al mío. Lo siento, pero en la vida siempre hay daños colaterales.

Que se refiriese a ella como un «daño colateral» lo decía todo, pensó Sophie, desolada. Por suerte, no le había contado nada sobre Eric. Por suerte no lo había dejado entrar en su corazón.

—Voy a buscar mi maleta y luego llamaré a un taxi para que me lleve a la estación.

—Mi chófer te llevará a tu casa. Mientras tanto, tengo mucho trabajo atrasado por culpa de ciertas distracciones —dijo Matías, irónico—. Es hora de que todo vuelva a la normalidad. Y cuanto antes, mejor.

Cada palabra era una daga que se clavaba en el corazón de Sophie, pero no iba a llorar delante de él. No iba a dejar que viese cuánto daño le hacía.

Se quedó inmóvil, en silencio, mientras él se daba la vuelta para salir de la cocina.

Y solo entonces se dejó llevar por la angustia, doblándose sobre sí misma como una marioneta cuyas cuerdas hubieran sido cortadas abruptamente.

Pero solo durante unos minutos, después de los cuales respiró profundamente e hizo lo posible para encontrar algún resquicio de esperanza. Eso era lo que había hecho toda su vida. Lo hacía cada vez que visitaba a su hermano y se recordaba a sí misma que la vida con él, por difícil que fuera, era mucho mejor que una vida sin él. Lo hacía cada vez que iba a ver a su padre para pedirle dinero con el que pagar la residencia de Eric.

Lo haría de nuevo y le daría las gracias a su buena estrella por no haberse enamorado de un hombre que solo quería utilizarla. Y daría las gracias también porque su deuda estaba pagada.

Pero mientras guardaba sus cosas en la maleta, su corazón seguía diciéndole que la vida no volvería a ser la misma.

Capítulo 7

SOPHIE miró el inocuo bastoncillo blanco con dos líneas azules y sintió una nueva oleada de náuseas.

Era la tercera prueba de embarazo que se hacía y aún era incapaz de aceptar la enormidad de la situación. Sentía la tentación de usar la última prueba de la caja, pero sabía que debía aceptar la horrible, aterradora realidad: estaba embarazada. Un error había dado como resultado el bebé que crecía dentro de ella. Podría hacerse cien pruebas más, pero nada iba a cambiar aquel hecho inalterable.

Iba a tener un hijo de Matías.

Un hombre que había jugado con ella, que la había utilizado y descartado sin mirar atrás. Habían pasado cinco semanas desde la última vez que lo vio, desde que desapareció por la puerta de la cocina de su mansión. Desde entonces había recibido un correo muy formal de su secretaria, informándole de que la deuda que tenía con el señor Rivero había sido cancelada. La empresa de su padre había sido liquidada y estaba en el proceso de ser absorbida por el enorme imperio de Matías. Lo sabía porque había salido en las noticias. Y su padre, por supuesto, no quería saber nada de ella. No tenía dinero que darle y la última vez que se vieron la había acusado de estar arruinándolo. Por supuesto, pasaba por alto que el fracaso de su empresa era debido a su propia incompetencia y ella no se lo había recordado. ¿Para qué? Decidió despedirse y afrontar con los problemas que la bancarrota de su padre representaban para el futuro de su hermano.

¿Habría llamado Matías a la policía? De ser así, la humillación pública para su padre sería terrible.

Pero ya no tenía que guardar las apariencias y, por lo tanto, no quería saber nada ni de Eric ni de ella. Sophie llevaba quince días intentando encontrar una solución al problema de la manutención de su hermano en la cara residencia a la que estaba acostumbrado. Estaba más estresada que nunca y, de repente, aquello.

—Tienes que contárselo —fue lo primero que dijo Julie esa mañana, cuando apareció en su casa.

Sophie miró a su amiga, totalmente derrotada y sin ver la luz al final del túnel.

—¿Cómo voy a contárselo? —preguntó, recordando cómo se habían despedido—. Tú sabes lo que pasó, tú sabes... —se le quebró la voz y tuvo que tomar aliento—. Tú sabes por qué se acostó conmigo.

—Pero esto ya no tiene nada que ver con tu padre, Soph, o con la venganza que buscaba Matías Rivero. Esto es sobre la vida que crece dentro de ti y que no tiene la culpa de la situación.

Sophie sabía en su corazón que era verdad. ¿Cómo iba a ocultar la existencia del bebé a su propio padre? Matías tendría que saberlo, pero solo porque no se le ocurría otra solución. Le dejaría bien claro que no quería nada de él. Le daba igual el dinero que tuviese. Haría lo que tenía que hacer, le contaría que estaba esperando un hijo suyo, pero después de eso no volvería a verlo.

Y Matías podría respirar tranquilo porque ella era la última persona del mundo a la que querría ver en su despacho otra vez.

La primera vez había ido después de haber chocado contra su carísimo coche. Y en ese momento iba a aparecer con una bola de demolición en forma de bebé apuntada directamente a su vida.

Recordaba lo que había sentido la primera vez que entró en el impresionante edificio y habló con la recepcionista. Enferma de nervios y, sin embargo, albergando la esperanza de que todo se arreglase porque, aunque no iba a ver al agradable Art Delgado, quería creer que el hombre con el que iba a reunirse sería también una persona decente.

Un día después de haberse hecho la prueba de embarazo, de nuevo frente al impresionante edificio, el cuartel general del imperio de Matías Rivero, Sophie no albergaba muchas esperanzas.

Había tenido varias horas para hacerse a la idea de su nueva situación, pero seguía sin ver la luz al final del túnel.

Entró en el edificio de cristal fingiendo una confianza que no sentía en realidad y preguntó por Matías intentando adoptar un tono de profunda convicción.

—Es un asunto personal —añadió, por si acaso, cuando la rubia recepcionista frunció el ceño—. Creo que Matías... el señor Rivero se enfadaría mucho si no le dice que estoy aquí. Sophie Watts. Él sabe quién soy y es urgente.

¿La recibiría? ¿Por qué iba a hacerlo? Se había despedido diciendo que no quería volver a poner los ojos en ella, aunque para eso tuviera que despedirse del dinero que le debía.

A punto de entrar en la sala de juntas para cerrar un trato multimillonario, Matías fue interrumpido por su secretaria, quien le informó de que Sophie estaba esperando en el vestíbulo.

Matías estuvo a punto de decir que no tenía tiempo para recibirla.

Pero no lo hizo. Se había alejado de ella durante semanas, pero no había conseguido escapar de la maligna influencia que ejercía sobre él. Se le había metido bajo la piel y el sentimiento de culpabilidad aparecía cuando menos lo necesitaba, persiguiéndolo en sueños con irritante regularidad.

Estaba desmantelando la empresa de su padre, garantizando que Carney se quedase con las manos vacías. Y habría más revelaciones cuando pasaran a la segunda fase, que involucraba al largo brazo de la ley. Ojo por ojo.

Debería experimentar una satisfacción añadida al saber que su hija, cuya avaricia era igual a la de Carney, también iba a quedar en la ruina. Desgraciadamente, cada vez que intentaba encontrar satisfacción por un trabajo bien hecho, el rostro ovalado y los preciosos ojos azules aparecían en su cabeza, haciéndole recordar esas noches...

Decían que la venganza se servía fría, pero no era tan dulce como había pensado.

Y no ayudaba nada que su madre hubiera leído la noticia de la adquisición en los periódicos y lo hubiese llamado desde el hospital en el que estaba recuperándose para pedirle explicaciones. Ella nunca había aprobado esa retribución y nada había cambiado en ese aspecto.

En general, Matías estaba encantado de haber hecho lo que había hecho porque, en su opinión, las ruedas de la justicia habían dado un giro de noventa grados, pero le sorprendía la poca satisfacción que experimentaba por la sorprendente victoria del presente sobre el pasado. Y sabía que todo era por culpa de Sophie.

—Dile que suba —le indicó a su secretaria. La reunión podía esperar, a pesar de la importancia del trato—. Y dile a Jefferies y su equipo que Bill Hodgson se encargará de la fase final —añadió, ignorando la sorprendida mirada de su secretaria porque tal cosa era inaudita.

No dejaba de preguntarse qué podría querer Sophie de él.

Dinero, fue lo primero que se le ocurrió. Ella lo había animado a hacer tratos con su padre para beneficiarse de esa inyección económica, pero no había habido inyección económica. Seguía queriendo dinero, pero ese dinero ya no iba a salir de los bolsillos de su querido papá.

Le indignaba que quisiera probar suerte con él otra vez, pero no podía dejar pasar la oportunidad de volver a verla. Debía reconocer que sentía curiosidad por ver qué treta estaba dispuesta a usar para sacarle dinero.

¿Lo miraría con esos ojos aparentemente inocentes, con su cara de mosquita muerta? ¿O esbozaría una de esas sonrisas que le provocaban todo tipo de eróticos y lujuriosos pensamientos? Disfrutó imaginándosela entrando en su despacho, ardiente y dispuesta. La echaría de allí con cajas destempladas, pero aun así experimentó una colosal punzada de deseo.

Cuando sonó un golpecito en la puerta del despacho, Matías estaba aparentemente relajado en el sillón, con las manos unidas sobre el estómago plano y una expresión de moderada curiosidad.

—Entra.

La puerta se abrió y su secretaria se apartó a un

lado. Y allí estaba, entrando en su despacho, con ese rubor en las mejillas que haría que el pulso de cualquier hombre de sangre caliente se pusiera por las nubes. Llevaba un pantalón gris y una blusa blanca y, casi sin querer, sus ojos se clavaron en la curva de debajo de la tela. Su cerebro dio entonces un bandazo hacia una tangente previsible, recordando cómo sabían sus preciosos pechos...

–¿Para qué has venido? –le preguntó abruptamente, intentando borrar tan lascivos pensamientos. No quería que se sintiera cómoda. ¿Por qué iba a quererlo?

–¿Puedo sentarme?

Matías asintió, señalando el sillón.

–Yo que tú no me pondría demasiado cómoda –le advirtió–. El tiempo es dinero después de todo. Y, hablando de dinero, me imagino que esa es la razón de tu repentina e inesperada visita. Porque no es una visita de cortesía, ¿verdad?

–No –respondió ella. Su voz sonaba firme y Sophie se sintió orgullosa. Aunque, si era sincera consigo misma, su voz era la única parte de ella que parecía remotamente controlada. Llevaba semanas sin verlo, pero no había dejado de pensar en él y temía haber subestimado el impacto de su presencia.

Su rostro oscuro era aún más imponente y hermoso de lo que recordaba, su boca más cruel, más sensual, su cuerpo...

Sophie no quería pensar en su cuerpo. Solo quería decir lo que había ido a decir y marcharse antes de perder el valor. Se recordó a sí misma que Matías había resultado ser un hombre vengativo y cruel y experimentó una oleada de odio que casi agradeció.

–Ya me lo imaginaba –dijo Matías, apretando los labios. Estaba recordando en detalle el sexo alucinante que habían compartido... y también recordando la razón por la que Sophie se había acostado con él–. Supongo que te habrás enterado del hundimiento de tu padre por las páginas económicas de los periódicos.

–Y yo supongo que estarás encantado contigo mismo.

Matías frunció el ceño al notar el frío desdén de su voz.

–Tu padre ha recibido su merecido –dijo, encogiéndose de hombros–. Y sí, estoy encantado conmigo mismo. Aunque, si él no hubiera hundido su empresa, mi trabajo hubiera sido mucho más fácil. Es un ladrón, un charlatán y un idiota que soltó las riendas de su negocio y nunca pensó que el caballo podría encabritarse. He descubierto muchos negocios dudosos, pero me imagino que eso no es una sorpresa para ti. A su debido tiempo, tu padre y la dama de la justicia serán algo más que meros conocidos, pero no como a él le gustaría. Pero en fin, supongo que no has venido aquí a charlar. Yo soy un hombre muy ocupado, así que, por favor, ve directa al grano, Sophie. No hay trato con tu padre, no voy a rescatar su ruinosa empresa y eso significa que tú no vas a salir beneficiada. Me imagino que has venido para ver si hay alguna otra forma de sacarme dinero.

–Yo no aceptaría un céntimo de ti aunque me fuese la vida en ello –le espetó Sophie.

Sus palabras eran un recordatorio de lo que pensaba de ella. Si pudiese darse la vuelta y salir corriendo lo haría, pero Julie tenía razón, un padre se merecía conocer la existencia de su hijo, aunque después Matías no quisiera saber nada. Por mucho que lo odiase por cómo la había tratado, ella era lo bastante justa y decente como para reconocer esa verdad.

–Estamos dando rodeos, querida. ¿Por qué no me dices qué demonios haces en mi oficina?

–Mantuvimos relaciones sin protección. ¿Te acuerdas?

Dos frases que cayeron en el silencio con el poder de una bomba.

–Me acuerdo –empezó a decir Matías. Era extraño, pero ese lánguido encuentro en medio de la noche, esa irreal pausa entre el sueño y la realidad, se había quedado allí, entre las sábanas. ¿Había querido olvidarlo para no enfrentarse con la posibilidad de que pudiera haber tenido consecuencias? ¿O a la luz del día le había parecido tan irreal que había querido olvidarlo?

Estaba recordando ese momento, recordando cómo sus cuerpos se habían unido, cálidos y perezosos, medio dormidos...

–Estoy embarazada –dijo Sophie entonces.

No se había querido imaginar cuál sería la reacción de Matías. En su cabeza, había dicho lo que quería decir y después se había dado la vuelta. Pero en ese momento, al ver que Matías palidecía, se quedó pegada al sillón, en el que parecía haberse encogido.

–No puede ser –dijo él con voz ronca.

–Me he hecho tres pruebas. Ni siquiera pensé en ello hasta que empecé a tener náuseas todas las mañanas y me di cuenta de que no había tenido la regla.

–Es imposible –insistió Matías, pasándose los dedos por el pelo. Embarazada. Iba a tener un hijo. De repente, sus ojos se clavaron en el estómago plano, en sus pechos, que parecían más grandes que antes–. Si esto es un intento de sacarme dinero, estás perdiendo el tiempo. Pareces haber olvidado que tengo mucha experiencia con mujeres que fingen embarazos para conseguir una buena cuenta corriente.

Sophie se levantó con las piernas temblorosas.

–Me voy, Matías. Sé que has tenido una mala experiencia en el pasado y siento haber tenido que venir para contarte esto, pero yo no soy tu exnovia, no estoy mintiendo y te aseguro que no quiero un solo céntimo. Después de lo que me hiciste, ¿de verdad crees que podría querer algo de ti? He venido porque pensé que deberías saber que vas a tener un hijo.

Matías la observó mientras salía del despacho. Todo parecía estar ocurriendo a cámara lenta, o tal vez su cerebro se había agarrotado, incapaz de afrontar con una situación para la que no estaba preparado en absoluto. No se movió mientras ella abría la puerta, pero de repente se puso en acción.

Llegó a su lado cuando estaba frente a los ascensores y puso una mano en su brazo, obligándola a detenerse.

¿Qué importaba que alguien estuviera observando tan extraño comportamiento?

–¿Dónde crees que vas? –le preguntó, con los dientes apretados.

Sophie lo fulminó con la mirada.

–¡A mi casa! ¿Dónde crees que voy a ir? No me puedo creer que tengas la cara de acusarme de fingir un embarazo para sacarte dinero. ¿Qué clase de persona crees que soy? No, no te molestes en contestar porque ya lo sé –le espetó, apartando su brazo de un tirón antes de pulsar el botón del ascensor.

Entró en cuanto se abrieron las puertas, sin mirar a Matías, pero él entró tras ella y golpeó el panel de botones con el puño, haciendo que el ascensor se detuviese entre dos pisos.

–¿Qué estás haciendo? –exclamó Sophie, alarmada. Tenía que hacer un esfuerzo para apartar la mirada porque, incluso odiándolo, aún podía encontrarlo irresistiblemente atractivo. No era justo.

–Tenemos que hablar y si esta es la única manera de hacerlo...

–No puedes hacer eso –lo interrumpió ella, perpleja. ¿No era ilegal? ¡La gente normal no paraba un ascensor entre dos pisos para mantener una conversación! Pero, claro, ¿desde cuándo era Matías Rivero un hombre normal?

–¿Por qué no?

–Porque... porque...

–¿Vamos a mantener una conversación sensata o vas a salir corriendo en cuando se abran la puertas del ascensor? Porque no puedes soltar una bomba así y luego intentar esquivar las balas.

–Yo no quiero nada de ti –repitió Sophie–. Te odio.

–Muy bien, he recibido el mensaje alto y claro.

–¡Y no quería quedarme embarazada para sacarte dinero! Decir eso es repugnante, incluso para alguien como tú, pero no sé por qué me sorprende.

–No perdamos tiempo recordando el pasado. No va a resolver nada.

–No tengo intención de librarme del bebé, si eso es lo que estás pensando.

–¿He insinuado yo que eso es lo que quiero? –dijo Matías, pasándose las manos por el pelo. Sophie estaba roja, sus ojos brillaban como aguamarinas... era la esencia de la furia femenina. Matías pulsó un botón y el ascensor empezó a moverse–. Vamos a un bar que hay cerca de aquí. Conozco al dueño y él nos dará una mesa discreta donde podremos mantener una conversación civilizada. ¿De acuerdo?

Sophie hizo una mueca.

–Me utilizaste para sacarme información sobre mi padre –le espetó–. Podemos hablar de esto si quieres, pero no olvides cuánto te odio por lo que has hecho.

La realidad de lo que estaba pasando empezó a

tomar forma para Matías. Iba a ser padre. Cuando se trataba de su lista de cosas que hacer, tener un hijo nunca había estado en los primeros puestos. Y, sin embargo, allí estaba, solo le quedaban unos meses de independencia por un absurdo error.

Su vida estaba a punto de experimentar un cambio sísmico y hablar de culpas no iba a alterar eso.

El bar estaba medio vacío y, por supuesto, el propietario los llevó a una discreta mesa del fondo del local. Matías pidió café para los dos, y luego la miró directamente a los ojos.

–¿Cuándo lo has descubierto? –preguntó.

–Ayer –respondió ella, haciendo una mueca después de tomar un sorbo de café porque ya nada le sabía igual que antes–. Y fue una gran sorpresa para mí también. No creas que no he pensado en lo cruel que puede ser el destino.

–Tenemos que dejar atrás lo que pasó o estaremos dando vueltas eternamente. La única forma de tratar con este problema es buscar una solución de mutuo acuerdo.

Sophie lo miraba con frialdad porque sus palabras la enfurecían. ¿Problema? ¿Solución de mutuo acuerdo? Sin darse cuenta, se llevó una mano protectora al vientre.

Matías se percató de ese gesto y entendió que debía ir con más cuidado. Sophie había ido a su oficina bajo presión y no tenía intención de concederle el beneficio de la duda, pero ella tampoco era la santa que estaba dando a entender. Decía que él la había utilizado, pero ¿no iba ella tras el dinero? No, no recibiría pronto un halo de santidad, pero, le gustase o no, tenía que enfrentarse con la situación desapasionadamente.

–Es más fácil decirlo que hacerlo –dijo Sophie.

Matías dejó escapar un suspiro de impaciencia.

–Querías que hiciese un trato con tu padre porque pensabas que así él podría seguir ayudándote económicamente, ¿no es así? –le preguntó, con tono helado–. Dices que yo soy un canalla, pero mírate a ti misma e intenta poner las cosas en perspectiva.

No había querido sacar ese tema porque no sabía de qué serviría, pero lo había sacado y se quedó sorprendido cuando no hubo reacción por su parte. Evidentemente, Sophie no se sentía culpable. Era absurdo, ella lo había engañado para que hiciese negocios con Carney. Y, sin embargo, lo miraba con expresión inocente.

–Eres un canalla –afirmó Sophie. Aunque debía admitir que nunca le había hablado sobre Eric y era comprensible que él la hubiese malinterpretado–. Pero tienes suerte porque yo no voy a exigirte nada. No soy la buscavidas que tú crees que soy y no aceptaría un céntimo tuyo aunque me fuese la vida en ello.

–¿Estás diciendo que no me animaste a hacer negocios con tu padre porque querías el dinero? ¿Aunque sabías que su empresa estaba en la ruina? ¿Aunque sabías que había robado una gran suma de dinero a sus accionistas? –Matías soltó una carcajada–. No sé cuál es tu definición de buscavidas, Sophie...

–Me da igual lo que pienses de mí –lo interrumpió ella. Había estado a punto de hablarle de Eric porque Matías la había seducido. Lo había tomado por alguien que no era.

¿Debería contárselo?

No, pensó. Matías seguía queriendo vengarse de su padre y de ningún modo iba a dejar que la prensa invadiese la privacidad de Eric. Y eso era lo que pasaría si Matías decidía hacer pública la existencia de su hermano. Su querido y frágil hermano no iba a ser parte de esa venganza y tampoco un daño colateral.

–Entonces, ¿cómo explicas tu comportamiento? –le preguntó él por fin, sintiendo curiosidad por saber cómo justificaba que le hubiese apremiado a invertir dinero en la empresa de su padre.

–No tengo que darte ninguna explicación –respondió ella, imaginándose a un montón de periodistas llamando a la puerta de la habitación de su hermano en la residencia, dejándolo confuso y aterrado.

–Solo tengo que creerte porque tú lo dices, ¿no?

–No tienes que hacer nada que no quieras hacer. No he venido aquí porque quisiera nada de ti. He ido a tu oficina porque pensé que era lo que debía hacer, pero no es mi intención ponerte en un compromiso. No confío en ti, Matías, pero te mereces saber lo del embarazo y por eso estoy aquí.

–Vamos a concentrarnos en el presente y el futuro. Y, para tu información, esta es una situación que nos afecta a los dos porque la mitad de los cromosomas de ese bebé son míos. Te guste o no, ninguno de los dos esperaba esto, pero tenemos que ocuparnos de ello –dijo Matías. Su instinto era decirle que todo dependía de que estuviese diciendo la verdad, pero decidió que el silencio sobre ese tema era lo más diplomático–. Vas a tener un hijo mío... –empezó a decir. Y luego tuvo que tragar saliva. Matías Rivero, padre. Aún no era capaz de hacerse a la idea–. Si habías pensado que podrías darme esa información y luego marcharte como si no pasara nada, lo siento pero estás muy equivocada. No voy a darle la espalda a mi responsabilidad.

–Yo no quiero ser tu responsabilidad.

–Tú no lo eres, pero mi hijo sí, te guste o no. Puede que para ti no sea importante la estabilidad familiar, pero yo creo firmemente que un niño debe tener un padre y una madre.

−Yo creo firmemente en la estabilidad −lo corrigió Sophie−, precisamente porque nunca tuve una familia. Teniendo en cuenta cómo nos despedimos, no sabía cómo reaccionarías cuando fuese a verte, pero te aseguro que no impediré que veas a tu hijo.

Odiaba cómo la hacía sentirse. No quería estar allí, y sin embargo, en su presencia se sentía tan diferente... Se sentía viva. Quería marcharse, pero no podía hacerlo. Quería ignorar el impacto de su presencia, pero se sentía atraída hacia él como por hilos invisibles que no sabía cómo cortar. Lo odiaba por lo que había hecho y se odiaba a sí misma porque seguía sintiendo algo... algo que solo él la hacía sentir.

−Eso no es suficiente, querida −replicó Matías. Él nunca había contemplado el matrimonio y, sin embargo, allí estaba, enfrentándose a la frontera final. Y no a un matrimonio normal, sino a uno con la hija de su peor enemigo. Y, sin embargo, ¿qué otra solución había? Él no tenía intención de ser un padre ausente, alguien que pagaba la manutención mientras veía sus derechos de visita restringidos por una madre vengativa. Sophie no olvidaría las circunstancias que lo habían llevado a su vida y tendría la oportunidad perfecta para vengarse dictando qué influencia tenía en la vida de su hijo.

Pensó en su madre, recuperándose en un hospital privado de Londres. Se llevaría un disgusto si terminaba siendo abuela solo a tiempo parcial, robando momentos aquí y allá con su nieto, atrapada en una guerra entre dos padres que se odiaban. Matías había postergado los compromisos emocionales gracias a su falsa exnovia y a las lecciones que había aprendido de su ingenuo padre, pero no mentía al decir que creía que un niño debía tener un padre y una madre, una familia que lo apoyase. Ese lazo familiar era lo más importante.

–Hace veinte minutos has dicho que el tiempo es dinero, así que será mejor que me vaya.

–Las cosas cambian. Hace veinte minutos no sabía que fueras a tener un hijo mío –replicó él, clavando los ojos en su rostro mientras intentaba aceptar la noticia y pensar con rapidez–. Ahora serás una figura permanente en mi vida. Quiero estar ahí para mi hijo, Sophie, las veinticuatro horas del día. Y la única forma de hacer eso es casándonos.

Un mortal silencio recibió tan extraordinaria afirmación. Sophie lo miraba con la boca abierta.

–Lo dirás en broma.

–Has ido a verme por sentido del deber, pero yo no tengo intención de alejarme porque tú te niegues a aceptar que el pasado ha quedado atrás.

–Nunca olvidaré cómo me utilizaste para vengarte de mi padre. Me utilizaste una vez y temo que quieras volver a hacerlo.

Sophie pensaba en Eric, el secreto que Matías no podía descubrir porque su deseo de venganza podría no estar saciado. Lo miró a los ojos y sintió un escalofrío. Era tan hermoso, tan poderoso, tan increíblemente cruel...

–Sophie, esa historia ha terminado. Ahora estamos viajando por otro camino –dijo Matías, sinceramente sorprendido por tal afirmación. ¿Para qué iba a utilizarla? Había descubierto todo lo que necesitaba saber sobre su padre.

Notó que se había puesto colorada, notó el temblor de sus labios. El aire de repente parecía cargado de algo que conocía bien, un deseo sexual que lo incomodaba y lo estimulaba al mismo tiempo. Recordaba vívidamente la sedosa humedad femenina en sus exploradores dedos, en su boca...

Levantó una mano para pedir la cuenta, preguntándose si ella sería consciente de que, a pesar de su hostilidad y su desconfianza, seguía enviando esas señales; señales tan poderosas como cargas de profundidad, señales que anunciaban una conexión entre ellos provocada por la fuerza más antigua del mundo, la atracción sexual.

–Piensa en ello, Sophie. Te llamaré mañana para retomar esta conversación –le dijo, sonriendo. La observaba atentamente y notó que intentaba disimular un escalofrío–. Creo que los dos necesitamos pensar en privado durante un rato, ¿no te parece?

Capítulo 8

SOPHIE había rechazado tan extraordinaria proposición de matrimonio y había hecho lo que debía. Por supuesto, tenía sus pros y sus contras. Cada decisión tenía siempre sus pros y sus contras, pero había hecho lo que debía.

Había ido a ver a Eric, tan tranquilo y feliz en su residencia, tan bien cuidado. De algún modo encontraría el dinero necesario para que pudiera seguir viviendo allí, pero nunca lo expondría a la cruel mirada de un público crítico y curioso.

¿Estaba siendo egoísta? ¿No estaba tomando en consideración la realidad, que un niño siempre estaría mejor con un padre y una madre y que eso era algo que debería invalidar cualquier otra preocupación?

No, pensó. ¿Cómo iba a casarse con un hombre en el que no confiaba? ¿Un hombre que la traicionaría de nuevo? Además, aparte de los problemas de confianza, una familia solo funcionaba si había amor entre los dos progenitores. Matías no la quería y jamás había fingido que así fuera. Se sentía responsable de ella, responsable del niño que habían engendrado, y estaba admirablemente dispuesto a cumplir con su obligación, pero la obligación y el amor eran dos cosas muy diferentes.

El sentido del deber podría resquebrajarse a medida que pasara el tiempo y acabaría amargado cuando se encontrase atado a una mujer con la que nunca se hubiera casado voluntariamente.

Pero habían pasado tres semanas y Matías insistía. No lo había dicho en voz alta, pero no había necesidad porque cada mirada parecía decir: «No voy a rendirme».

Lo había rechazado, pero como un predador, estaba simplemente esperando el momento para atacar a su presa.

No se daba cuenta de que ella nunca bajaría la guardia porque había algo más que su hijo en juego; un hermano del que él no sabía nada y del que nunca sabría nada. Y eso reforzaba su decisión cuando su presencia empezaba a ser demasiado abrumadora.

Nada de lo que pudiese decir, ningún argumento por lógico que fuera, podría obligarla a hacer algo que pusiera en peligro la felicidad de su hermano.

Sophie se felicitó a sí misma por ser tan fuerte mientras esperaba en el restaurante que Matías había elegido para almorzar. No se habían visto en los últimos tres días y tenía un nudo de nervios en el estómago mientras lo esperaba. La había llamado por teléfono a menudo, pero no le había impuesto su presencia a diario. Por otro lado, se preguntaba si cambiaría algo si se acostumbrase a él. No le gustaba cómo la hacía sentirse y odiaba los recuerdos de él tocándola, besándola... pero aparecían en su cabeza a todas horas.

Eso había terminado. Las cosas habían cambiado y nunca volverían a ser amantes.

Perdida en sus pensamientos, levantó la mirada y vio a Matías entrando en el restaurante. Pero no iba solo, Art iba con él. No lo había visto desde aquel fin de semana en el distrito de Los Lagos y se levantó para saludarlo. Tras él, Matías resultaba increíblemente sexy con su traje de chaqueta, una mano en el bolsillo del pantalón, la otra sujetando la chaqueta que colgaba de su hombro.

Al ver la cálida y sincera sonrisa con la que recibía a Art, Matías pensó agriamente que eso era algo que él no había visto en mucho tiempo. Había repetido su oferta de matrimonio varias veces y ella la había rechazado. Se dio cuenta entonces de que cuanto más insistiera, más insistiría ella en rechazarlo.

No iba a dejarla escapar de su vida. No olvidaba que se había acostado con él para que invirtiese dinero en la empresa de su padre, pero el sentido común le decía que debía convencerla porque no estaba dispuesto a aceptar el papel de padre a tiempo parcial.

Art y Sophie charlaban como los viejos amigos que no eran y algo lo golpeó, algo tan inesperado como un puñetazo.

No le gustaba verla charlar y reír con su amigo. No le gustaba que se mostrase tan alegre en su compañía. Y no entendía qué podían tener en común ya que apenas se conocían.

Celoso y posesivo como nunca, interrumpió la conversación para informar con frialdad que Art no se quedaría a comer.

–Ah, qué pena –dijo ella, sinceramente decepcionada. Y eso lo molestó aún más.

Matías torció el gesto y, al ver la sonrisa burlona de Art, torció el gesto aún más.

–Supongo que tendrás cosas que hacer –le dijo abruptamente. Art sonrió de nuevo, inclinándose para besar a Sophie en la mejilla antes de marcharse.

–Qué grosero –dijo ella cuando se quedaron solos–. Me ha alegrado volver a ver a Art. No sabía que fuerais amigos. No me puedo creer que crecierais juntos.

Era evidente que Art adoraba a Matías. Se había dado cuenta al verlos juntos y eso le había recordado por qué se había dejado seducir por él. Matías no era solo el canalla que ella quería creer. De algún modo, había logrado ganarse el cariño y la lealtad de Art, que era evidentemente un ser humano encantador. Era desconcertante tener que admitir que Matías podía ser un hombre complejo con muchas dimensiones.

Aunque no iba a dejar que eso la desviase del camino que había decidido tomar.

–No sabía que tuviera obligación de contarte mi vida al detalle porque estés esperando un hijo mío –replicó él, sentándose a la mesa y sonriendo cuando el camarero les ofreció la carta.

Sophie se había puesto colorada y tenía un aspecto tan sexy que los celos que habían aparecido de repente lanzaron otro ataque. Sabía que estaba siendo irracional, pero no podía evitarlo.

–No me habías dicho que fueras a visitar a tu madre...

–No quería que se enterase de lo nuestro por cotilleos.

–Supongo que se habrá llevado una desilusión –dijo Sophie–. A las madres no les gusta que un hijo suyo... bueno... que vaya a ser padre inesperadamente... y sin tener una relación.

Matías no dijo nada. Ver a su madre había reforzado su convicción de que la única solución era casarse con la mujer que tenía delante. Si insistía en decir que no, entonces tendría que encontrar la forma de convencerla. Había visto cómo lo miraba.

–Naturalmente, ella habría preferido un matrimonio por amor...

–¿Pero le has contado la verdad? ¿Le has dicho que esa no es la situación?

Matías no dijo nada porque no le había dicho tal cosa a su madre.

–El embarazo te sienta bien –murmuró, relajándose en la silla y viendo el deseo en su rostro que siempre intentaba esconder–. Tu cuerpo está cambiando. Ahora llevas ropa más ancha y tus pechos son más grandes.

–¡Matías! –exclamó ella, atónita.

Sintió que sus pechos se hinchaban y un cosquilleo de excitación hizo que apretase las piernas.

–Vamos a tener un hijo juntos –dijo él, encogiéndose de hombros–. No sé por qué te sorprende que sienta curiosidad por los cambios de tu cuerpo. Es natural. Yo soy responsable de esos cambios en un cincuenta por ciento.

–Esta conversación es inapropiada. Nosotros no tenemos una relación.

–Entonces somos... ¿qué somos?

–Pues no sé, amigos. Al menos, eso es lo que deberíamos ser. Los dos estamos de acuerdo en que sería mejor para el bebé que nos llevásemos bien –Sophie se aclaró la garganta, intentando controlar el sofocante efecto de su intensa mirada–. Te he dicho que podrías ver a nuestro hijo cuando quisieras. Esto es algo inesperado, pero los dos somos adultos y... bueno, en nuestros días el matrimonio no es la única solución para enfrentarse a un embarazo inesperado. Ya hemos hablado de esto.

–Desde luego.

–Hay demasiado rencor entre nosotros.

–No voy a negarlo –asintió él. Por una vez, Sophie le había dejado pedir por los dos y estaban compartiendo una bandeja de pescado–. Pero siento curiosidad, ¿qué sugieres que hagamos con el deseo mutuo que sigue apareciendo de manera tan inconveniente?

Sophie se quedó boquiabierta. Había sacado el único tema que intentaba desesperadamente no tocar.

–No sé de qué estás hablando.

–Mentirosa. Podría tocarte ahora mismo y estallarías en llamas.

–Estás muy equivocado –replicó ella–. Yo no podría sentirme atraída por alguien que me ha utilizado como me utilizaste tú. Nunca.

–«Nunca» es una palabra que no tiene sitio en mi vocabulario.

–Matías...

Sophie pensó en Eric, en la importancia de hacer lo que debía hacer, pero ver a Matías con Art había debilitado su resolución. Le había recordado que Matías podía ser maravillosamente seductor, considerado e inesperadamente amable.

–Estoy escuchando.

–Sé que te gusta hacerme sentir incómoda.

–Pienso en ti todo el tiempo. Me pregunto por los cambios de tu cuerpo bajo la ropa.

–¡No digas esas cosas! No tenemos una relación. Ya hemos dejado eso bien claro –insistió ella. Buscó refugio en la comida, pero Matías no dejaba de mirarla y eso la ponía nerviosa.

–No me gusta ajustarme a un guion. Así la vida es muy aburrida –dijo Matías, mirando su voluptuoso cuerpo. Estaba rígida como un palo, como si su postura pudiese engañarlo–. De hecho, me he tomado la tarde libre.

–¿Por qué?

–¿Debo tener una razón? Y deja de mirarme así. Deberías alegrarte de pasar un rato en mi compañía... y hazme un favor: no digas que no tenemos una relación. Ya lo sé.

–No puedo dejar sola a Julie.

–Cuando por fin decidas hacerme caso y dejes de trabajar, Julie tendrá que acostumbrarse a que no estés todo el día agarrándole la mano. Es mayorcita, se las arreglará.

–No voy a dejar de trabajar, Matías.

–No necesitas el dinero.

Sophie pensó en Eric y apretó los labios. Estaba embarazada y todo había cambiado. No habían hablado de dinero aún, pero Matías había dejado claro que a su hijo, y a ella por extensión, no les faltaría de nada.

Y, sin embargo, ¿cómo iba a depender económicamente de él? Su orgullo nunca se lo permitiría y, además, no podía confiar en él. ¿Y si aceptaba su ayuda y Matías la traicionaba? Para entonces dependería de su dinero porque habría dejado de trabajar. No, de ningún modo iba a dejar su trabajo. La baja por maternidad era una cosa, dejar de trabajar otra muy diferente.

Otra barricada, pensó Matías, frustrado. No entendía por qué Sophie no se daba cuenta de que esa era la mejor solución para todos. ¿Qué mujer no querría una vida de lujos? ¿Qué mujer no querría ser capaz de chascar los dedos y tener todo lo que quisiera? Además, había una conexión eléctrica latiendo entre ellos como una cosa viva. ¿Qué más ventajas podía poner sobre la mesa para que ella aceptase su proposición? ¿Por qué tenía que ser tan testaruda?

–Me he tomado la tarde libre, querida, porque tengo una sorpresa para ti.

–Odio las sorpresas –le confesó Sophie.

–Lo sé. A mí tampoco me gustan demasiado, pero espero que esta sea de tu agrado. Es una casa.

–¿Una casa?

–Para ti –dijo él. Y vio que Sophie abría los ojos como platos.

–¿Has comprado una casa para mí? ¿Por qué has hecho eso?

–Porque no vas a criar a mi hijo en esa casa diminuta que has convertido en cocina.

–Mi casa no tiene nada de malo –replicó ella, herida en su orgullo.

–No insistas –dijo Matías, con un tono que no admitía discusión–. Has rechazado mi oferta de matrimonio, a pesar de que sería lo más sensato. Insistes en rechazar mi ayuda económica, insistes en seguir trabajando largas horas, aunque eso podría poner en riesgo a nuestro hijo. Así que no vas a rechazar la casa.

–¿Cómo que estoy poniendo en riesgo a nuestro hijo? –exclamó Sophie, airada.

–No tienes que trabajar hasta medianoche haciendo pasteles.

–Una vez. He hecho eso una vez.

–O perder tres horas en el tráfico para llevar comida a una fiesta.

–Ese es mi trabajo.

–Te esfuerzas demasiado. Deberías tomártelo con más calma.

Sophie dejó escapar un largo suspiro, pero... ¿había cuidado alguien de ella alguna vez? ¿Se había preocupado alguien por si estaba trabajando demasiado? Matías no estaba preocupado por ella, sino por el bebé que llevaba en su vientre, y sería una estupidez pensar de otro modo, pero aun así...

–Sé que no eres una buscavidas, Sophie –dijo él entonces–. No tienes que seguir intentando demostrármelo.

–No estoy intentando demostrar eso.

–¿No? Entonces... ¿qué?

–No voy a depender de ti económicamente, no puedo hacerlo. Necesito ser independiente.

De repente, se sentía pequeña e impotente. Desearía poder apoyarse en él y aceptar su oferta. Hacía que

todo pareciese tan fácil... Un nuevo punto de partida
después de lo que había pasado entre ellos, una pro-
mesa de futuro para su hijo y para ella. Pero había
algo más en juego, algo que él desconocía.

–Vamos a tener que llegar a un compromiso, te
guste o no –dijo Matías con tono firme.

Sus ojos se encontraron mientras él alargaba una
mano para apartar algo de la comisura de sus labios
con un dedo, aprovechando para acariciarla.

–Una miga de pan –murmuró, su cuerpo se encen-
dió de inmediato porque era la primera vez que la tocaba en todas esas semanas.

Sophie tragó saliva. Había estado a punto de incli-
narse hacia él y todo su cuerpo ardía como si un cho-
rro de lava corriese por sus venas.

La miraba de un modo... con esos ojos tan penetrantes...

El deseo la hacía sentirse débil y tuvo que hacer un
esfuerzo para apartarse de esa mirada magnética.

–No tienes ni idea de mis gustos... en casas –dijo
Sophie. Su corazón seguía latiendo como un loco y
tuvo que hacer un esfuerzo para llevar aire a sus pulmones antes de volver a mirarlo–. No me malinterpre-
tes. Tú tienes una casa preciosa en el distrito de Los
Lagos, pero no me imagino viviendo en una mansión
como esa. No sé cómo será tu apartamento, pero intuyo que será algo parecido.

–No pareces muy entusiasmada –murmuró Matías,
deseándola más de lo que había deseado nada en toda
su vida y decidido a tenerla. Podía oler el mismo deseo en ella, llegándole en oleadas.

–Lo que quiero decir es que tú y yo tenemos gustos
muy diferentes, así que no creo que vaya a gustarme
la casa que has comprado.

–Aún no la he comprado –dijo él–. Puede que sea

arrogante, pero quería conocer tu opinión antes de nada.

Luego pidió la cuenta al camarero y se levantó.

Dominaba el espacio a su alrededor y Sophie se sentía atraída hacia él como una polilla a la luz. No podía entender cómo ejercía ese efecto en ella después de lo que había hecho, o por qué el sentido común y la lógica no prevalecían cuando se trataba de aquel hombre.

Se preguntó si las hormonas del embarazo estarían controlando sus reacciones, haciéndola vulnerable cuando debería apartarse. Deberían forjar una amistad por el hijo que estaba esperando, nada más.

El chófer los llevó a la oficina, donde cambiaron de coche y Matías se puso al volante.

–¿Dónde está la casa? –preguntó Sophie. Esperaba que estuviese en Chelsea o Mayfair, uno de esos barrios carísimos situados cerca de su apartamento.

–Prefiero que sea una sorpresa –dijo Matías–. Háblame de esa clienta tuya...

–¿Qué clienta?

–La vegana con la verruga en la cara.

Sophie tuvo que disimular la risa.

–No creo haberla mencionado nunca.

–Cuando no estamos discutiendo nos llevamos mucho mejor de lo que estás dispuesta a admitir. Podríamos hacer tantas cosas en lugar de hacer la guerra...

Sophie se dio cuenta de que estaban saliendo de la ciudad. A su alrededor había espacios abiertos y parques, y Matías detuvo el coche frente a una casa ideal en forma de caja de bombones, con una extensión a un lado. Un matorral de glicinias trepaba sobre el muro frontal y, al final del camino de entrada, había un jardín deteriorado y cubierto de hierbajos.

–Hará falta trabajo –dijo Matías, metiendo una mano en el bolsillo de la chaqueta para sacar las llaves–. Hace meses que nadie vive aquí, de ahí la exuberancia de malas hierbas.

–No había esperado algo así –le confesó Sophie mientras lo seguía hasta la puerta. La casa estaba en una pequeña parcela con setos a ambos lados. Matías se apartó después de abrir la puerta y ella se quedó mirando, boquiabierta.

Había habitaciones a derecha e izquierda del pasillo. Preciosas habitaciones cuadradas, todo perfectamente proporcionado. Un cuarto de estar, un salón, un estudio, y luego la cocina y el invernadero, que se abría por la parte de atrás a un jardín lleno de árboles y plantas que habían aprovechado la ausencia de sus dueños para crecer de forma exuberante.

Las paredes eran de un color apagado y el papel pintado del cuarto de estar parecía de otro siglo.

–La casa era de una señora mayor que vivió aquí casi toda su vida –le explicó Matías mientras la llevaba de habitación en habitación–. No tenía hijos y durante los últimos años de su vida solo ocupaba un puñado de habitaciones. El resto ha ido decayendo gradualmente. Cuando murió, hace poco más de un año, la heredó un pariente lejano que vivía fuera del país y el juicio testamentario tardó algún tiempo, por eso acaba de salir al mercado.

Sophie iba de habitación en habitación. Su silencio lo decía todo. No estaba irritada, no estaba quejándose. Con la casa había salido vencedor. Y pensaba ser el vencedor en todo lo demás.

Estaba esperándola apoyado en la pared del pasillo cuando ella terminó de visitar la casa.

–Muy bien –dijo Sophie–. Tú ganas.

–Lo sé.

–No seas arrogante –lo regañó.

Pero estaba sonriendo y no intentando poner distancia entre ellos. El silencio se alargó hasta que Sophie se pasó la lengua por los labios en un gesto nervioso.

Y no se había apartado.

–No solo quiero ganar cuando se trata de comprar una casa para...

–Matías, no –lo interrumpió ella, pero se sentía insegura. Quería apretarse contra él, besarlo. Sentía una humedad entre las piernas, las hinchadas puntas de sus pezones convertidas en duros capullos.

–¿Por qué insistes en luchar contra esto que hay entre nosotros?

–Porque no puedo rendirme a... al deseo.

–Entonces, lo admites.

–Eso no significa que vaya a hacer nada al respecto –replicó Sophie. Pero no podía apartar la mirada. Sus ojos oscuros la tenían clavada al suelo. No podía moverse, no podía pensar. Apenas podía respirar.

La cabeza le decía que aquello no podía ser. Debería ser sensata, pero su cuerpo decía algo totalmente diferente y, cuando Matías inclinó la cabeza hacia ella, sus manos se levantaron sin que pudiese hacer nada. ¿Para empujarlo? Tal vez, pero no fue así. Se agarró a su camisa y se derritió cuando la besó, suavemente al principio y luego con ansia, con una pasión a juego con la suya.

Sus lenguas se encontraron y Matías deslizó una mano para acariciar sus pechos. Jugó con sus pezones por encima de la blusa y luego, frustrado, desabrochó los botones y dejó escapar un gruñido de satisfacción cuando hundió la mano bajo el sujetador de encaje. Por fin consiguió acariciar la sedosa firmeza de sus pechos y la rigidez de sus excitados pezones.

–Definitivamente, son más grandes –dijo con voz temblorosa.

–Matías...

–Tócame –dijo él, guiando su mano hacia su erección, un prominente bulto que empujaba contra la cremallera del pantalón.

–No podemos hacer el amor aquí.

Tenía razón, pensó Matías, intentando no explotar en sus pantalones. Respirando profundamente, le acarició el cuello y la atrajo hacia él para apoyar la frente en su cabeza. Su aliento olía a menta, su piel era suave como el satén.

–Hablamos, Sophie –susurró–. No digas que estamos siempre peleándonos. Y nos deseamos el uno al otro.

Ella anhelaba capitular, pero solo estaban allí porque estaba embarazada. De no ser así, serían enemigos. Si solo tuviese que pensar en ella misma tal vez cedería. Tal vez. Ella podría soportarlo si al final volvía a traicionarla. Pero no podía hablarle de Eric. ¿O sí?

Estaba tan desconcertada...

–Venga, vamos a casa –la urgió él.

–No voy a casarme contigo –dijo Sophie en voz baja.

Matías tuvo que contener un gruñido de frustración. Suspirando, pasó un brazo sobre sus hombros y la besó suave, persuasivamente en la boca, sintiendo que ella empezaba a ceder. Siguió besándola. La besó hasta que estuvo sin aliento. La besó hasta que supo con toda seguridad que no había nada ni nadie en su cabeza más que él. Luego se apartó y dijo con voz estrangulada:

–Vamos a tu casa.

Capítulo 9

SU CASA.
Ir al apartamento de Matías hubiera sido una
rendición. Entre las cuatro paredes de su casa,
sin embargo, podía engañarse a sí misma pensando
que seguía llevando el control. Aunque lo había perdido entre sus brazos y aunque quería seguir perdién-
dolo.

Si se acostaba con él, sería una decisión consciente. No significaría que hubiese perdido el control
y, desde luego, no significaría que fuese a casarse con
él. Nunca volvería a confiar en Matías. ¿Cómo iba a
hacerlo? Nunca pondría en peligro la felicidad de Eric
por un error, pero...

Deseaba tanto a Matías... Era como un virus del
que quería librarse porque la volvía loca.

Cuando subieron al coche, él alargó una mano para
entrelazar sus dedos. Apenas habían hablado, pero la
electricidad que había entre ellos podría incendiar un
bosque. Su móvil sonó varias veces, pero él no con-
testó. Mirando su fuerte y marcado perfil, los contor-
nos de su hermoso rostro, Sophie se preguntó qué estaría pensando. No la amaba, pero seguía gustándole.
Le había dicho que no tenía que demostrar que no era
una buscavidas, pero sabía que siempre la creería culpable de intentar convencerlo para que invirtiese dinero en la empresa de su padre, un hombre que había
resultado ser un ladrón. Matías no sabía nada de la

existencia de Eric, de modo que nunca entendería por qué había hecho lo que había hecho. Y ella no podía hablarle de su hermano porque su lealtad hacia Eric estaba por encima de todo.

Fuese como fuese, Matías tenía razón: el deseo que sentían el uno por el otro era algo contra lo que no podían luchar. Nunca se había imaginado que el deseo fuese algo que no podía ser controlado, pero en ese momento se dio cuenta de lo equivocada que había estado.

Eran las cuatro y media cuando llegaron a su casa. Era una casualidad que Julie no estuviese trabajando. Había ido a entrevistar a una ayudante a la que querían contratar para una cena en Dulwich.

Comparada con la preciosa casa que acababan de ver, su casita de dos pisos en medio de una hilera de casas exactamente iguales, cerca de las vías del tren, le pareció fea. La había defendido vigorosamente, pero en ese momento podía verla con los ojos de Matías: pequeña, vulgar, desangelada.

Se volvió hacia él con una velada expresión mientras cerraba la puerta, sintiendo estremecimientos de anticipación por la espina dorsal.

–¿Julie está aquí? –preguntó él, acercándose lentamente. Y Sophie negó con la cabeza.

–Está trabajando y no volverá hasta más tarde. Matías, confieso que me ha gustado la casa. Este sitio no sería adecuado para un recién nacido... bueno, lo habría sido si no hubiese otra opción, pero...

–Calla –dijo él, poniendo un dedo sobre sus labios–. No hables –murmuró, inclinando la cabeza para besarla; un beso largo, que hizo que le temblasen las rodillas–. Aunque me gusta que hayas dicho eso, hay cosas mucho más importantes ahora mismo.

Tomó su cara entre las manos y siguió besándola,

tomándose su tiempo, satisfecho cuando Sophie por fin se rindió. De repente la tomó en brazos y ella dejó escapar un gemido, agarrándose a su cuello mientras subía por la angosta escalera.

Matías intuía que encontrar el dormitorio no sería difícil porque la casa era diminuta. Dudaba que hubiese más de dos dormitorios y tenía razón, la encontró sin problemas al final de la escalera.

El alegre color de la pared y un par de pósters intentaban animar una diminuta habitación que solo contenía una cama, una cómoda y un armario.

Matías la dejó sobre la cama y se dirigió a la ventana para cerrar las cortinas, ahogando la débil luz del sol que se colaba en la habitación.

–Ha pasado demasiado tiempo –murmuró con tono posesivo.

Estaba de espaldas a la ventana y siguió allí durante unos segundos, mirándola. Después dio un paso adelante y empezó a quitarse la ropa.

Era pura belleza masculina en movimiento y la dejaba sin aliento. Era asombroso que hubiera podido resistirse durante tanto tiempo, pero Matías había sacado el monstruo del armario y la obligaba a enfrentarse a él.

Lo miró mientras se quitaba los calzoncillos y se quedaba frente a la cama, esperando. Tentativamente, Sophie alargó una mano para pasar los dedos por el estómago plano. Estaba excitado, su prominente erección marcada bajo unos calzoncillos que se quitó enseguida.

–No tengo que decirte cuánto deseo esto –murmuró–. Tienes la prueba delante de ti.

Sophie suspiró mientras se inclinaba para lamer la palpitante erección, saboreándola como si fuera algo exquisito. Lo rozó con la punta de la lengua antes de tomarlo en su boca, chupando mientras lo acariciaba con una mano, disfrutando de la familiar rigidez. Su sabor era afrodisiaco.

Parecía haber almacenado sus recuerdos de los sonidos que él emitía cuando hacía eso, esos gemidos guturales. Él agarró su pelo entonces. Lo deseaba tanto que estaba derritiéndose. Lo único que quería era quitarse la ropa para que la hiciese suya.

Como si le hubiera leído el pensamiento, y sabiendo que si no tenía cuidado terminaría de inmediato, en su boca, Matías se apartó. Cuando vio su miembro húmedo tuvo que apretar los dientes para controlar el deseo de volver a ponerlo donde estaba, para hacer que ella lo llevase a la línea de meta con las manos y la boca.

No, pensó. Había fantaseado demasiado en esos meses como para estropearlo como un adolescente. Pero, demonios, estaba ardiendo mientras la tumbaba sobre la cama para quitarle la ropa.

Llevaba demasiado tiempo esperando y estaba demasiado excitado como para prolegómenos. Necesitaba apartar las capas de ropa lo antes posible para poder tocar su piel desnuda.

Su ropa cayó al suelo en un tiempo récord y Sophie lo ayudó, desembarazándose del sujetador y las bragas de encaje, que, Matías notó con satisfacción, era un tanga muy sexy, una elección de lencería que él la había animado a usar.

Era una pena que estuviera tan excitado porque le habría gustado tomarse su tiempo acariciándola con la lengua a través del encaje.

–Matías... –Sophie cayó sobre la almohada y se arqueó hacia arriba, ofreciéndole sus pechos.

Matías, de rodillas sobre ella, apretó sus pechos y los masajeó suavemente, acariciando los pezones con sus pulgares, provocándole estremecimientos de placer que la obligaron a abrir las piernas.

Sophie lo envolvió en su mano y jugó con él, sabiendo cómo le gustaba que lo tocase, el ritmo y la firmeza de las caricias.

–Matías... ¿qué? –la animó él con una perversa sonrisa.

–Ya sabes... –murmuró ella, poniéndose colorada–. Ya sabes lo que me gusta.

–Sí, lo sé –musitó él mientras se inclinaba para chupar un pezón, tirando de él con los labios, haciendo círculos sobre la punta hasta que Sophie empezó a restregarse contra él.

La conocía tan bien... Era como si hubieran hecho el amor desde siempre. Sabía cómo le gustaba: un poquito duro, un suave mordisco en los pezones y se ponía húmeda. Sabía qué más le gustaba y exploró su glorioso cuerpo, tomándose su tiempo para apreciar los pequeños cambios provocados por el embarazo.

Sus pechos eran al menos una talla más grandes y sus pezones tenían un color más pronunciado. Ya no eran suavemente rosados, sino de un color más oscuro, su vientre un poco más redondeado. Él nunca había mirado dos veces a una mujer embarazada, pero aquella mujer que esperaba un hijo suyo era más que sexy.

Sus curvas lo excitaban más que nunca. Deslizó una mano entre sus piernas y jugó con el suave triángulo de rizos antes de hundir un dedo en su interior. Sophie gimió suavemente, arqueándose cuando introdujo otro dedo, gimiendo de placer cuando empezó a acariciar el diminuto capullo que suplicaba su atención.

Sabía que si seguía acariciándola así terminaría enseguida, de modo que jugó con el capullo y se detuvo para que tomase aliento. Luego volvió a jugar con él, hasta que Sophie le suplicó que la tomase.

–No, aún no –susurró Matías. Con las manos en su cintura, hundió la cabeza entre sus piernas y respiró su dulce aroma.

Rozaba con la lengua los pliegues de su feminidad mientras seguía introduciendo los dedos hasta que Sophie tiró de él y luego se apartó para enredar los dedos en su pelo, jadeando. Matías apretó sus nalgas, sujetándola y torturándola con la insistente presión de su lengua.

–Voy a terminar –susurró ella, incapaz de controlar las sensaciones–. No quiero terminar así... quiero sentirte dentro de mí.

Matías se incorporó y, automáticamente, se inclinó para sacar un preservativo de la cartera. Entonces recordó que no había necesidad de protección.

–Ese tren ya ha pasado –bromeó–, así que no tenemos que hacer nada.

Sophie le devolvió una temblorosa sonrisa, pero las oleadas de placer estaban a punto de llevarla al borde del precipicio y sentía el deseo de tocarse a sí misma.

–Estás ardiendo por mí, querida...

–No puedo evitarlo –musitó ella–. Es algo... físico.

–Bueno, bueno, no estropees el momento. Quiero hacerte el amor, montarte y enseñarte las estrellas –dijo Matías, empujando con la punta de su miembro. Sophie abrió las piernas, incapaz de contener el deseo de tenerlo en su interior.

Cuando se deslizó dentro de ella la sensación fue increíble. Tan húmeda, tan estrecha... lo recibió de un modo que no podría describir, pero que lo hizo sentirse mejor que bien.

La deseaba tanto... Aquello iba a terminar demasiado pronto, pero no podía esperar más, no podía dedicar más tiempo al juego o se arriesgaba a lo impensable.

Se hundió en ella con una embestida larga y profunda, y Sophie enredó las piernas en su cintura. Y sí, la montó hasta que estaba arqueándose y gritando de gozo, hasta que ninguno de los dos podía respirar. Hasta que, en la cresta de la ola, Sophie terminó con él, con una sensación que la abrumó como un tsunami.

Matías se quedó inmóvil, jadeando sobre ella mientras Sophie jadeaba debajo de él, exhausta.

Se incorporó un poco para mirarla a los ojos. Era un milagro de las circunstancias que estuviese allí, con ella. El número de opciones podría llenar una biblioteca.

¿Y si Sophie no hubiera chocado contra su coche?

¿Y si él no hubiera estado tan decidido a vengarse?

¿Y si no hubiera decidido incluirla en su venganza?

¿Y si Sophie no hubiera ido a su casa del distrito de Los Lagos?

¿Y si...?

Pero allí estaba, después de hacer el amor, más satisfecho que nunca. De ninguna forma se cansaba de ella. Al contrario, la deseaba como no había deseado nunca a otra mujer. Se sentía posesivo... era increíble.

Había aceptado la sorpresa de la inesperada paternidad y había decidido no jugar al juego de las culpas porque no los llevaría a ningún sitio. Pero ¿había creído que esa sorprendente pasión, ese deseo insaciable formaría parte de la relación? ¿Era la prueba de su propia virilidad, el hecho de que Sophie esperase un hijo suyo, lo que hacía que se sintiera tan ferozmente poderoso?

Ella seguía negándose al matrimonio, frustrando su natural deseo de salirse con la suya. El poderoso deseo de no dar marcha atrás hasta que hubiese conseguido lo que quería. Se negaba a contemplar una situación que incluyera perder el control sobre su hijo y, por extensión, sobre ella.

Ver a su madre recuperándose en el hospital, como había hecho tantas otras veces, había reforzado su determinación de casarse con Sophie.

Por el momento, había evitado el inevitable encuentro entre ellas, pero tarde o temprano su madre querría conocer a la mujer que iba a darle su primer nieto y, cuando llegase ese momento, Matías tendría que haber convencido a Sophie de que el matrimonio era la única solución. No tenía intención de decirle a su madre que el nieto que siempre había deseado sería una presencia fugaz en su vida.

–¿Te ha gustado tanto como a mí, querida? –bromeó, poniéndose de lado para mirarla. Apartó un mechón de pelo de su cara y la besó suavemente en los labios, trazando la comisura con la punta de la lengua.

Sophie tenía que hacer un esfuerzo para pensar con claridad. Había hecho lo que llevaba semanas jurándose a sí misma que no iba a hacer. Se había metido en la cama con él, ¿y dónde dejaba eso la amistad que habían intentado forjar cuando rechazó su proposición de matrimonio?

Lo que más la alarmaba era que le hubiese parecido tan natural.

Porque... porque...

Porque lo amaba. Porque Matías había entrado en su vida como un tornado arrogante y le había robado el corazón. Y, aunque la había utilizado y sabía que no podía confiar en él porque temía que volviese a traicionarla, no podía evitar amarlo. Le había hecho el amor y había sido tan maravilloso y tan satisfactorio como entrar por la puerta de una casa que adorabas y encontrar la seguridad entre sus muros. Lo cual era absurdo, claro, pero también lo eran las tontas suposiciones que había hecho sobre poder controlar el amor. No podía controlar el amor que sentía por Matías como no podría controlar la dirección de un tornado.

–¿Y bien? –la animó él, apretando posesivamente su cintura, retándola a negar lo que era evidente.

–Ha estado bien –dijo Sophie.

–¿Bien? ¿Bien? –repitió él, soltando una carcajada–. Desde luego, tú sabes cómo hacer que a un hombre le estalle la cabeza.

–Muy bien –admitió Sophie, poniéndose colorada–. Maravilloso.

–Ah, eso está mejor, pero yo prefiero «asombroso».

–Ha sido asombroso.

–Cuando apareciste en mi oficina –empezó a decir Matías–, fue una sorpresa, pero de verdad quiero a este bebé. Dices que no estás dispuesta a casarte conmigo, que entre nosotros no hay una relación, pero no siempre estamos peleándonos. Sí, también nos peleamos, pero podemos hablar. Y el deseo que hay entre nosotros... seguimos deseándonos apasionadamente. ¿Eso no es suficiente? Dices que no estás preparada para hacer sacrificios, pero yo sí porque de verdad creo que cualquier sacrificio que haga por nuestro hijo al final merecerá la pena. ¿No es eso lo que queremos los dos, lo mejor para el bebé? ¿Puedes negarlo?

–Matías...

–No podemos cambiar el pasado, pero podemos pasar página. No podemos dejar que el pasado altere el curso de nuestro futuro.

Sophie podía sentir el pulso latiendo en su cuello, a juego con los latidos de su corazón, un corazón que le pertenecía a él, a un hombre que nunca, jamás la correspondería.

Matías hablaba de sacrificios y ella quería creer que no iba a traicionarla cuando compartieran a su hijo. ¿Podía confiar en él o lo que ocurrió en el pasado habría dañado su confianza de forma irreparable?

—Tal vez tengas razón —murmuró, mirándolo a los ojos—. Por supuesto que quiero lo mejor para nuestro hijo. Por supuesto que sé que dos progenitores siempre serán mejor que uno.

Tal vez con el tiempo confiaría en él lo suficiente como para hablarle de su hermano, a pesar de lo que había pasado entre ellos. Alan la había dejado porque el reto era demasiado para él y Sophie había cerrado su corazón después de eso. Por supuesto, seguir sola no había sido una decisión consciente. La amargura y la desilusión habían hecho que no volviese a confiar en otro hombre. Matías tampoco se merecía su confianza, pero comparado con lo que sentía por Matías, lo que había sentido por Alan era una pálida sombra. Aun así, seguía sin poder garantizar que Matías, un hombre motivado por la venganza, estaría a la altura de sus expectativas.

Pero iban a tener un hijo y lo deseaba como nunca había deseado a nadie.

Con el tiempo, él le podría demostrar que se merecía su confianza, pero no podría hacerlo a menos que le diese una oportunidad.

Matías desearía saber qué estaba pensando, por qué estaba tan seria, pero Sophie parecía estar en otro sitio. ¿Dónde? Nunca había deseado tanto conocer a alguien, del todo, por dentro y por fuera. Él nunca había ahondado en lo que pensaban las mujeres con las que salía. Las invitaba a cenar, las cortejaba y disfrutaba de ellas, pero conocerlas nunca había sido importante para él. Sophie, sin embargo, lo hacía desear escarbar profundamente.

—¿Y bien? —murmuró al ver su expresión.

—No tenemos por qué casarnos —dijo Sophie, rezando para estar haciendo lo correcto—, pero podríamos vivir juntos.

Iba a darle una oportunidad para que le demostrase que podía confiar en él antes de abrirle esa parte de su corazón de la que Matías no sabía nada.

Él recibió esa sugerencia con fingida ecuanimidad. ¿Vivir juntos? No era la solución que él esperaba, pero tendría que valer. Por el momento.

Matías recibió una llamada cuando iba a salir de la oficina.

—Lo siento, pero voy a tener que cancelar la cita de esta noche —le dijo Sophie. Parecía asustada—. Tengo que... ir a un sitio.

—¿Qué ha pasado? —preguntó él mientras tomaba un estuche con una pulsera de diamantes que había comprado para darle una sorpresa.

Le hacía regalos sorpresa de vez en cuando, cosas pequeñas. En una ocasión, un antiguo libro de cocina de la época victoriana que había encontrado por casualidad. La librería estaba medio escondida en una esquina, al lado de una galería de arte que había ido a visitar.

Sophie había sonreído de oreja a oreja cuando se lo dio y esa sonrisa de auténtica alegría había merecido su peso en oro.

También le había comprado un juego de cacerolas especiales para el horno de su nueva casa. Sophie había dejado una revista sobre el sofá con la página marcada, un anuncio sobre valores de conducción de calor o algo parecido. No sabía lo que significaba, pero ella lo sabría.

Y, de nuevo, Sophie había recibido el regalo con una sonrisa.

La pulsera de diamantes era el regalo más caro que había comprado hasta ese momento y esperaba que no lo rechazase. A veces podía ser muy testaruda por razones que él no entendía.

Estaba dándolo todo para conseguir lo que quería: que Sophie se casara con él porque temía que, tarde o temprano, quisiera romper con él y volver a la libertad de su soltería, libre para encontrar a otro hombre, su alma gemela.

Matías metió el estuche en el bolsillo de la chaqueta sin cortar la conexión. Sophie parecía asustada y eso lo alarmó. El día anterior, cuando quedaron para desayunar porque quería verla antes de irse a Edimburgo para cerrar la compra de una empresa farmacéutica, estaba perfectamente.

–¿Dónde estás? –le preguntó, intentando mantener la calma.

–Matías, tengo que irme. El taxi llegará en cualquier momento y aún tengo un par de cosas que hacer. De hecho... espera, el taxi ya está aquí.

–No te atrevas a colgar en medio de la conversación. ¿Qué taxi? ¿Dónde vas? ¿Qué le ha pasado a tu coche?

–El coche está bien. Es que he pensado que sería mejor...

Su voz se perdió, como si hubiera dejado caer el teléfono. ¿Qué estaba pasando?

–¿Sophie?

–Sí, estoy aquí.

Sonaba como si estuviese a punto de ponerse a llorar y Sophie no lloraba nunca. Una vez le había dicho que, cuando las cosas se ponían difíciles, y había habido muchos momentos difíciles en su vida, llorar no resolvía nada.

Un dato más para encajar en el complejo rompecabezas que era su personalidad.

En ese momento estaba al borde de las lágrimas por una razón que no quería contarle. Él había hecho lo posible por demostrarle que había hecho bien al darle una oportunidad. No se había asustado por el evidente instinto de anidación cuando ella empezó a decorar la casa. Y también había mostrado compasión por el canalla de su padre, permitiéndole salvar algo de orgullo al no enviarlo a prisión por meter la mano en la caja. Aunque Carney había quedado prácticamente en la ruina y eso le daba una gran satisfacción.

Incluso había retrasado la visita a su madre para proteger a Sophie de la inevitable pregunta sobre el matrimonio. Lo último que quería era asustarla y sabía que su madre insistiría en que se casaran. Su madre nunca entendería ese acuerdo de vivir juntos cuando estaban esperando un hijo.

A pesar de todo eso, estaba claro que Sophie seguía resentida contra él por cómo había empezado su relación.

¿Por qué si no estaba al borde de las lágrimas y, sin embargo, se negaba a contarle qué le pasaba?

–¿Qué quieres decir con eso? –le preguntó mientras se dirigía a la puerta.

–Tengo que irme.

–Dime dónde. A menos que sea un gran secreto.

–No, no, por favor –Sophie pareció vacilar al otro lado del teléfono–. Muy bien, voy al hospital de Charing Cross.

Matías se quedó inmóvil, enfermo al pensar que pudiera pasarle algo a ella o al bebé.

—Nos veremos allí.

—¡No!

—¿Por qué no?

—Matías, nos veremos en casa más tarde. No sé a qué hora, pero te enviaré un mensaje. Ya sabes cómo son los hospitales...

—Es mi hijo, Sophie. Quiero estar a tu lado si hay algún problema.

—No hay ningún problema, no te preocupes.

Naturalmente, Matías no la creyó. Su voz le decía algo bien diferente. Estaba frenética, preocupada, pero no lo quería a su lado.

A la mañana siguiente se mostraría alegre y le diría que no había sido nada. Y él tendría que soportar la inquietante realidad de que en los momentos de crisis Sophie no lo quería a su lado.

No tenía sentido ir al hospital, pero iría de todos modos. No iba a dejarla sola en ese momento... y tuvo que reconocer que no era solo por su hijo. No se lo pensó dos veces. Iría al hospital y le exigiría una explicación. Si tenía que presionarla para que se la diera, que así fuera.

Sophie atravesó las puertas giratorias del hospital y vio a Matías paseando por el vestíbulo.

Alto y moreno, una presencia formidable con las manos en los bolsillos del pantalón, capaz de dominar su entorno de tal modo que Sophie se paró en seco. Su expresión era imponente. La gente se apartaba a su paso intuyendo el peligro.

—Matías...

Él se dio la vuelta al oír su voz.

—Voy contigo –le dijo, muy serio–. Esta vez no vas a apartarme.

–Ahora no tengo tiempo para esto –replicó Sophie. Pero su corazón latía salvajemente mientras se dirigía hacia los ascensores, abriéndose paso entre la gente.

–¡Sophie! –Matías la detuvo poniendo una mano en su brazo–. ¿Qué pasa? Cuéntamelo.

Sus ojos se encontraron y ella dejó escapar un suspiro.

–Muy bien –dijo en voz baja–. Es hora de hablar de esto. Es hora de que lo sepas.

Capítulo 10

MATÍAS esperaba ir a la planta de maternidad, pero ella subió al ascensor y pulsó el botón de otra planta sin decir nada, dejándolo perplejo con su actitud. Cuando salieron del ascensor, apenas parecía percatarse de su presencia. Se acercó a una enfermera y le dijo algo en voz baja. Y luego, por fin, se dio la vuelta para mirarlo.

Aún no habían intercambiado una sola frase. Él era un hombre que lo controlaba todo con mano de hierro y siempre sabía lo que pasaba a su alrededor. Porque, si lo sabías todo, nunca te llevabas sorpresas desagradables. Pero en aquel momento no tenía ni idea de lo que estaba pasando y lo odiaba, como odiaba la distancia que había entre ellos.

¿Estaba Sophie empezando a apartarse? Ese pensamiento le heló la sangre en las venas.

–¿Qué ocurre? –preguntó.

Sophie dejó escapar un suspiro.

–Lo hubieras descubierto tarde o temprano y entonces habríamos tenido que hablar –respondió ella, dirigiéndose a una de las habitaciones.

Matías no sabía qué pensar y lo último que esperaba era ver a un joven en la cama, evidentemente sedado porque sus movimientos eran aletargados, torpes. Pero en cuanto vio a Sophie esbozó una sonrisa llena de amor y ternura.

Matías se quedó totalmente desconcertado. Se sentía como un intruso. Sophie no los presentó. De hecho, apenas parecía recordar que estaba allí. Pero estaba allí precisamente para eso, para mirar, y eso hizo durante diez minutos, mientras ella hablaba en voz baja con el joven, apretándole la mano y acariciándole el pelo.

Lo besó antes de apartarse para mirarlo, esperando hasta que el chico cerró los ojos y empezó a quedarse dormido.

Sophie lo miró entonces y se llevó un dedo a los labios, haciéndole un gesto para que saliera al pasillo.

–Estarás preguntándote quién es –dijo, sin preámbulos.

Era tan hermoso y lo quería tanto... Y, sin embargo, temía que hubieran llegado a un punto en el que ya no había marcha atrás. No había querido pensar que debía encontrar el momento para hablarle de Eric. El miedo a una reacción negativa la había contenido, pero el destino a veces tomaba las riendas en sus manos.

–¿Y no te parece normal? –respondió Matías, pasándose los dedos por el pelo, inquieto, lleno de preguntas.

–Tenemos que hablar, pero no creo que el hospital sea el sitio adecuado.

Había algo definitivo en su tono, algo que lo alarmó.

–Vamos a mi apartamento. Está más cerca que tu casa.

Por fin podía hacerse cargo y así lo hizo. En diez minutos estaban sentados en su coche y se dirigían a su apartamento, en el que Sophie solo había estado un par de veces.

El silencio estaba matándolo, pero sabía por instinto que el coche tampoco era el sitio adecuado para hablar de aquello o exigir respuestas.

La miró de soslayo un par de veces, pero Sophie estaba a miles de kilómetros de allí y eso era frustrante. Quería alargar la mano, apretarla contra él. Descubrió que no podía soportar que se mostrase tan distante.

Preguntándose cómo iba a explicarle una situación que había ocultado hasta ese momento, Sophie apenas escuchaba el motor del coche o veía el paisaje que dejaban atrás, las preciosas casas y los modernos edificios de apartamentos. El apartamento de Matías era fabuloso, pero apenas lo usaba porque solía quedarse en su casa. Y solo en ese momento, con la posibilidad del adiós en el horizonte, se daba cuenta de lo feliz que había sido con él.

Aunque sabía que Matías no la amaba, era perfecto en tantos otros sentidos...

La minimalista elegancia de su apartamento nunca dejaba de impresionarla, aunque aquel era un espacio en el que ella nunca podría ser feliz. En ese momento, sin embargo, apenas se fijó en los enormes cuadros abstractos, en el suelo de pálido mármol, en los elegantes muebles, en las sutiles esculturas que había aquí y allá.

Se sentó en el sofá de piel y esperó hasta que Matías se sentó frente a ella, en silencio.

–¿Y bien? –le preguntó él, tenso–. ¿Vas a decirme quién era ese joven? ¿Un exnovio?

–¿Perdona?

–¿Es un exnovio, Sophie? –insistió Matías–. ¿El amor de tu vida ha sufrido un accidente? Te he visto con él... tú quieres a ese hombre –le dijo, sintiendo que algo dentro de él se rompía–. ¿Cuánto tiempo lleva discapacitado? ¿Qué ocurrió, un accidente de moto?

Le costaba hacer esas preguntas, pero tenía que saber la verdad.

–Le quiero –dijo Sophie–. Siempre le he querido.

Matías apretó los dientes, angustiado. No iba a perder la paciencia, pero quería atravesar la pared con el puño.

–Sophie...

–Y no sufrió un accidente. Eric nació así.

Matías se quedó inmóvil, con el pulso paralizado mientras intentaba entender lo que estaba diciendo.

–Eric es mi hermano.

–Tu hermano...

–Vive en una residencia a las afueras de Londres, pero algo lo asustó y sufrió un ataque de pánico. Se puso como loco, por eso estaba en el hospital. Se hizo daño sin querer... nada serio, pero no podían atenderlo en la residencia.

–Tienes un hermano, pero no me lo habías dicho.

–No sabía por dónde empezar, pero intentaré que lo entiendas. Mi padre solo mantuvo contacto con nuestra familia porque mi madre no le dio otra opción. Cuando nació Eric, supo que la única forma de pagar una buena residencia sería pidiéndole ayuda económica. Ella tenía muchos defectos, pero adoraba a mi hermano e hizo todo lo posible para que James pagase la residencia, que es muy cara. Cuando murió, yo tuve que conseguir ese dinero... de la forma que fuese, incluso amenazándolo. Suena escandaloso, pero era la única forma.

–Querías que yo invirtiese dinero en la empresa de tu padre para poder seguir pagando la residencia de tu hermano.

Sophie asintió con la cabeza. Era un alivio poder contárselo. Si Matías decidía darle la espalda, que así fuera. Ella sabría afrontar las consecuencias, aunque la vida nunca sería igual sin tenerlo a su lado.

–Había conseguido ahorrar algo de dinero y he estado usándolo para pagar la residencia durante estos últimos meses, desde que James se arruinó. Pero sí, te animé a que invirtieses en la empresa de mi padre pensando que era buena idea, no porque quisiera el dinero para mí misma, sino para pagar la residencia de Eric. Habría hecho lo que fuese para que mi hermano siguiera siendo feliz, para que siguiera a salvo.

–¿Por qué no me lo habías contado?

–¿Cómo iba a hacerlo? –Sophie levantó la barbilla en un gesto retador–. Tú me utilizaste para confirmar tus sospechas sobre James y cuando volviste a mi vida lo hiciste porque no tenías más remedio.

–Sophie...

–No, déjame terminar –lo interrumpió ella. Si se acercaba el final tendría que ser fuerte y no se sentía fuerte cuando Matías estaba tan cerca, cuando lo amaba con todo su corazón y sabía que podía perderlo–. No te hablé de Eric porque temía que quisieras incluirlo en tu venganza. Temí que hicieras público que mi padre tenía un hijo discapacitado del que nunca había cuidado personalmente, avergonzándolo ante el mundo entero. James nunca había querido conocerlo siquiera y solo pagaba sus gastos porque no tenía más remedio.

Y así, de repente, Matías entendió la profundidad de su desconfianza. Vio cuánto daño le había hecho. Sophie había inclinado la cabeza mientras él la acusaba de cosas de las que nunca había sido culpable y por eso le había cerrado su corazón. Evidentemente, no confiaba en él y nunca lo haría.

–Ojalá me lo hubieras contado.

–¿Cómo iba a hacerlo? ¿Cómo podía arriesgarme

a que sintieras la tentación de involucrar a Eric en tu venganza? La prensa lo hubiera convertido en una historia de portada que terminaría haciéndole daño a Eric, destruyendo su privacidad, su dignidad. Además...

Matías intentaba procesar todo aquello, sabiendo que no podía culpar a nadie más que a sí mismo por lo que estaba pasando.

–¿Además?

–Eric es muy sensible. Cuando Alan, mi exnovio, me dejó después de conocerlo, mi hermano se sintió responsable. Yo pensaba que Alan me quería y no se me ocurrió que pudiese dejarme porque Eric era una complicación demasiado grande para él.

–Un imbécil que te deja por eso no es el hombre que tú te mereces –dijo Matías–. En realidad, fue una suerte que no terminases con él.

–Tienes razón. Lo que sentía por Alan no era amor. Me gustaba, nos llevábamos bien y pensé que era seguro. Pero sí, la verdad es que al final fue una suerte. No creas que no soy consciente de ello.

–Yo actuaba empujado por la venganza –dijo Matías después de tomar aire–. Siempre había estado ahí, siempre había sido mi ambición. Quería ganar mucho dinero porque sabía lo que era no tenerlo, pero también porque sabía lo que era pensar continuamente que debería haberlo tenido. Tu padre era el culpable y eso se convirtió en una obsesión que espoleaba muchas de mis decisiones. Durante un tiempo, ganar dinero se convirtió en mi principal objetivo, pero entonces mi madre se puso enferma y encontré esas cartas. Fue en ese momento cuando tú apareciste en mi vida, cuando mi deseo de ajustar cuentas estaba en su punto máximo y... tú te enredaste con ese deseo. Pero no te lo merecías.

Sophie lo miraba, interrogante y emocionada al ver

que parecía haberse tomado tan bien la situación de su hermano.

–Pensé que me empujabas a invertir dinero en una empresa que estaba al borde de la bancarrota, la empresa de un estafador, porque querías seguir recibiendo dinero de tu padre.

–Lo entiendo –dijo Sophie–. Entiendo que pensaras eso porque no sabías nada sobre Eric. No sabías que hubiera otras razones.

–Lo vi todo rojo –admitió Matías–. Me sentí utilizado y reaccioné como un loco, pero la verdad es que en el fondo yo sabía que tú no eras ese tipo de persona. No confiabas en mí lo suficiente como para hablarme de tu hermano y no puedo decirte cuánto me disgusta eso, pero sé que la culpa es mía. Esperaba que te olvidases del pasado como si no hubiera existido. No me daba cuenta de que te había hecho demasiado daño.

Era la primera vez que Matías le abría su corazón y cuando se quedó callado entendió lo difícil que era para él, pero eso le hizo amarlo aún más. Estaba disculpándose y había que ser muy fuerte para hacer eso.

–No quiero volver a hacerte daño en toda mi vida, cariño. Y te juro que me encargaré de que tu hermano esté siempre protegido y feliz como se merece. Dame la oportunidad de demostrarte cuánto te quiero y cuánto lamento que no pudieras confiarme el secreto más importante de tu vida.

El corazón de Sophie dejó de latir durante una décima de segundo y luego empezó a galopar dentro de su pecho.

–¿Has dicho...?

–Te quiero –repitió Matías–. Pensé que nunca me enamoraría de verdad. Nunca había estado interesado

en enamorarme, pero entonces apareciste tú y te me-
tiste bajo mi piel sin que me diese cuenta. Tanto que
ahora eres una parte indispensable de mi vida. Cuando
nos separamos me sentía como si me hubiesen cor-
tado un miembro. No entendía qué era eso, pero ahora
entiendo que ya habías empezado a ocupar un sitio
importante en mi vida.

—Pero nunca habías dicho... ¿por qué no me lo di-
jiste?

—¿Cómo iba a hacerlo? —preguntó Matías. Se levantó para sentarse a su lado, pero no intentó abra-
zarla, se limitó a entrelazar sus dedos con los suyos,
jugando distraídamente con el anillo que llevaba en el
dedo anular, sin darse cuenta de lo que eso decía sobre el camino que había tomado su subconsciente—.
Apenas me entendía a mí mismo. Nunca esperamos
que las cosas nos tomen por sorpresa, pero el amor
me pilló desprevenido.

—A mí también —le confesó Sophie, tan feliz que
quería llorar y reír al mismo tiempo—. Cuando te co-
nocí, te odiaba.

Matías frunció el ceño y luego esbozó una sonrisa
lobuna.

—Pero me encontrabas increíblemente sexy.

—No seas arrogante —lo regañó ella, aunque no
pudo evitar devolverle la sonrisa porque esa arrogancia era increíblemente enternecedora—. Pensé que iba
a ver a Art y, en lugar de eso, me llevaron a la guarida
del león.

—Menos mal que no viste a Art —bromeó Matías—.
Habrías hecho con él lo que hubieras querido. Seguramente habría terminado por regalarte un coche. Lo
tienes encantado.

Sophie se puso colorada.

—Pero entonces no nos hubiéramos conocido...

–Nos habríamos conocido –la interrumpió él–. Nuestros caminos estaban destinados a cruzarse, aunque me odiases a primera vista.

–Bueno, tú amenazaste con arruinar mi negocio porque había tenido un accidente con tu lujoso coche.

Matías asintió con la cabeza.

–Así fue, pero que me acostumbrase enseguida a la idea de ser padre era una señal de lo que sentía por ti. Si no hubiera estado loco por ti, no te habría pedido en matrimonio sin pensármelo dos veces.

–Y yo te rechacé.

–No dejabas de hacerlo. Y yo solo quería demostrarte que podías arriesgarte conmigo.

–No sabes cuánto deseaba darte esa oportunidad, pero tenía demasiado miedo. No sabía qué harías si descubrieses la existencia de Eric. El instinto me decía que podía confiar en ti a pesar de todo lo que había ocurrido, pero el instinto me había engañado una vez, así que decidí rechazarte y no hacerme ilusiones. Y luego, más tarde, me daba miedo cómo reaccionarías ante Eric. Alan había sido una gran desilusión para mí. Me había hecho mucho daño y mi hermano estaba tan disgustado... Eric no puede lidiar con los disgustos, con las desilusiones. Pasara lo que pasara, lo importante para mí era que él no se convirtiese en un daño colateral. Yo podría lidiar con la desilusión, pero él nunca podría hacerlo.

–Me alegro de haberlo conocido –dijo Matías–. Y ahora podemos dejar de hablar. Aunque hay una cosa más que quiero decir...

–¿Qué? –susurró Sophie, intentando bajar de las nubes.

–¿Quieres casarte conmigo?

–Pues... –Sophie soltó una carcajada y lo besó, un beso largo y apasionado–. Muy bien –dijo luego, rozando su nariz contra la de Matías–. Y eso quiere decir... sí, sí, sí.

Varios meses después habían tenido que hacer otro viaje urgente al hospital. Sophie se puso de parto a las tres de la madrugada y, cuando llegaron a la planta de maternidad, Luciana estaba a punto de saludar con la mano a sus emocionados padres.

Había nacido sin problemas poco después de las nueve de la mañana.

–Tiene tu pelo –dijo Sophie, mirando medio adormilada a Matías, que estaba sentado a su lado, con su hija en brazos, una niña morena de tres kilos cuatrocientos gramos y mejillas regordetas.

–Y mis ojos –murmuró él, mirando con adoración a la mujer sin la que la vida no significaba nada. Su vida había pasado del gris al tecnicolor. Una vez había visto la acumulación de riquezas y poder como un objetivo en sí mismo. Había pensado que las lecciones aprendidas sobre el amor y lo vulnerable que el amor te hacía eran lecciones gracias a las que cualquier hombre sensato se olvidaría del cuento de hadas del final feliz. Hubiera jurado que una vida controlada era la única vida que merecía la pena. Había estado equivocado por completo. La única vida que merecía la pena era una vida al lado de la mujer que adoraba.

–Y esperemos que ahí terminen los parecidos –bromeó Sophie–. No necesito a alguien más en mi vida que se quede desconcertado ante la idea de freír un huevo.

Y así, cuando su hija tenía casi seis meses, por fin iban a casarse.

Sophie se miró en el espejo del hotel donde pasarían la noche después de la ceremonia.

Rose Rivero había salido del hospital y le había confiado a su futura nuera que tenía tanto por lo que vivir que no pensaba ponerse enferma en mucho tiempo.

–Estás preciosa –dijo Julie. Y la madre de Matías asintió con la cabeza. Estaban dando los últimos toques al vestido de novia, comprobando que los capullitos de rosa del adorno del pelo no se cayeran–. Vas a tener la boda de cuento de hadas con la que siempre habías soñado.

Sophie se rio, pensando en la extraña jornada que la había llevado hasta ese momento.

–No ha sido exactamente un camino de rosas.

–Yo podría haberte dicho que mi hijo no era un camino de rosas –bromeó Rose–. Pero tú lo has calmado y lo has hecho madurar de una forma que nunca hubiera creído posible.

–No dirías eso si lo hubieras visto corriendo por la casa buscando las llaves del coche, que siempre deja tiradas por cualquier sitio –dijo Sophie, riéndose mientras se dirigía a la puerta de la habitación.

Un lujoso Bentley esperaba para llevarlas a la pequeña iglesia encaramada sobre una colina, con una espectacular vista del mar.

Nunca, ni en sus mejores sueños, se hubiera imaginado algo tan perfecto como aquello.

Seguía teniendo interés en la empresa de catering y algunas veces ayudaba, pero entre Julie y sus tres ayudantes se habían hecho cargo del rentable negocio. Incluso estaban pensando en ampliarlo y abrir un restaurante donde pudieran mostrar sus talentos a un mayor número de gente.

James Carney había evitado el castigo que Matías había planeado para él, pero la vida había cambiado considerablemente para su padre. Había perdido la empresa y, aunque había recibido una buena suma de dinero, se había retirado a Cornualles, donde viviría una vida relativamente tranquila, sin los lujos de los que había disfrutado gracias a la invención de Tomás Rivero. Ocasionalmente le enviaba un correo electrónico y, ocasionalmente también, Sophie respondía. Pero no sentía ningún afecto por el hombre que había sido una pesadilla para su madre, obligándola a suplicar dinero y siempre bajo la amenaza de negárselo en cualquier momento.

Matías se había hecho con la empresa que debería haber pertenecido a su padre y, por supuesto, la había hecho prosperar, otra rama en su enorme imperio.

Pero era por Eric por lo que Sophie se sentía más feliz. Matías lo trataba con enorme cariño y su hermano lo había recibido con los brazos abiertos. Eric estaba empezando a abrirse al mundo, por fin. Hasta entonces solo era capaz de comunicarse con ella, con las enfermeras y con un puñado de pacientes, pero estaba empezando a mostrar interés por el mundo exterior, sin los miedos que hasta entonces lo habían perseguido. Y ella sabía que la paciencia y el cariño de Matías y la inocencia de Luciana eran en parte responsables de esos progresos.

Y tal vez, pensaba a veces, Eric era lo bastante intuitivo como para darse cuenta de que su hermana ya no parecía estresada cuando iba a visitarlo. Su hermano estaba a salvo, para siempre. Incluso había empezado a hacer un curso de adaptación y estaba mostrando un enorme talento.

Sophie pensó en su hija mientras iba a la iglesia. Luciana estaría allí, con su niñera, y aunque la ceremonia no significaría nada para ella, disfrutaría mirando las fotografías cuando fuese mayor.

Respiró profundamente cuando salió del coche y

entró en la iglesia, tan nerviosa como una niña, para casarse con el hombre que lo era todo para ella.

Matías se volvió, como hicieron los demás invitados, cuando la música del órgano empezó a sonar. Aquella era la última pieza del rompecabezas. Iba a casarse con la mujer de la que estaba enamorado y no podría sentirse más orgulloso.

Se quedó sin aliento al verla caminando por el pasillo hacia él. El vestido de color marfil le quedaba como un guante. Había recuperado su peso normal después del parto y sus lujuriosas curvas seguían tentándolo cada vez que la miraba. Llevaba en la mano un discreto ramo de flores rosas y un velo sujeto por una tiara de florecitas a juego con las que llevaba en la mano.

Sophie estaba radiante y era suya, pensó, posesivo, enamorado.

Él nunca había contemplado el matrimonio, pero en ese momento sabía que no se sentiría completo sin ella, sin Sophie a su lado, con su anillo en el dedo. Y la boda no podría haber sido más de su gusto. Podría ser un multimillonario, pero aquella sencilla ceremonia era perfecta.

–Estás preciosa, querida –murmuró cuando por fin llegó a su lado.

–Tú también –dijo Sophie, emocionada.

Aunque lo veía a diario, aunque era parte de su vida como el aire que respiraba, Matías hacía que le diese un vuelco el corazón cada vez que lo miraba.

«Mi chica especial», pensaba Matías con orgullo. Bueno, una de ellas. Miró hacia los invitados y allí estaba la otra, en brazos de su niñera, profundamente dormida.

Y así era precisamente como tenía que ser.

Mucho después, cuando terminó el banquete y los

invitados se despidieron, volvió a sentirlo de nuevo, volvió a sentir ese estallido posesivo mientras miraba a la mujer que a partir de ese momento era su esposa.

A la mañana siguiente se irían de luna de miel. Luciana iría con ellos, por supuesto, junto con la niñera y su madre.

–¿Por qué sonríes? –preguntó Sophie, mientras desabrochaba los botones del vestido malva que se había puesto después de la ceremonia.

Tirado sobre la cama del hotel en el que pasarían la noche antes de viajar en su jet privado a una villa de Italia, Matías era una visión de magnífico esplendor masculino. Su camisa blanca estaba abierta, dejando al descubierto su maravilloso torso bronceado.

–Sonrío porque no muchos recién casados llevan a su madre en su luna de miel –respondió, haciéndole un gesto con un dedo para que se reuniese con él. La miró, increíblemente excitado, mientras ella se acercaba moviendo las caderas y quitándose la ropa.

Cuando llegó a su lado solo llevaba el sujetador de color melocotón, que apenas podía contener sus generosos pechos, y las braguitas de encaje a juego.

Olvidó lo que iba a decir cuando llegó a su lado y, sonriendo, apartó las braguitas con un dedo y apoyó la cara sobre la húmeda abertura para acariciarla con la lengua, suspirando de gozo cuando ella abrió las piernas para permitir el paso de su lengua.

Sophie se desnudó del todo e inclinó la cabeza para lamer un oscuro y plano pezón. Y él la animó mientras se bajaba la cremallera de los pantalones.

–Luciana y tú lo sois todo para mí –dijo en voz baja–. Y quiero darte las gracias por ello. Quiero darte las gracias por hacer sonreír a mi madre y... –Matías acarició su pelo, besándola suavemente en los labios– quiero darte las gracias por ser mi mujer.

Tú pones sonido y color en mi mundo y yo no sería nada sin ti.

—Te quiero tanto... —susurró Sophie—. Pero ahora tienes que callarte, marido mío, porque es nuestra luna de miel y hay muchas cosas que quiero hacer contigo antes de que la noche termine...

Acepte 2 de nuestras mejores novelas de amor GRATIS

¡Y reciba un regalo sorpresa!

Oferta especial de tiempo limitado

Rellene el cupón y envíelo a
Harlequin Reader Service®
3010 Walden Ave.
P.O. Box 1867
Buffalo, N.Y. 14240-1867

¡Sí! Por favor, envíenme 2 novelas de amor de Harlequin (1 Bianca® y 1 Deseo®) gratis, más el regalo sorpresa. Luego remítanme 4 novelas nuevas todos los meses, las cuales recibiré mucho antes de que aparezcan en librerías, y factúrenme al bajo precio de $3,24 cada una, más $0,25 por envío e impuesto de ventas, si corresponde*. Este es el precio total, y es un ahorro de casi el 20% sobre el precio de portada. ¡Una oferta excelente! Entiendo que el hecho de aceptar estos libros y el regalo no me obliga en forma alguna a la compra de libros adicionales. Y también que puedo devolver cualquier envío y cancelar en cualquier momento. Aún si decido no comprar ningún otro libro de Harlequin, los 2 libros gratis y el regalo sorpresa son míos para siempre.

416 LBN DU7N

Nombre y apellido	(Por favor, letra de molde)

Dirección	Apartamento No.

Ciudad	Estado	Zona postal

Esta oferta se limita a un pedido por hogar y no está disponible para los subscriptores actuales de Deseo® y Bianca®.
*Los términos y precios quedan sujetos a cambios sin aviso previo.
Impuestos de ventas aplican en N.Y.

SPN-03   ©2003 Harlequin Enterprises Limited

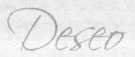

Deseo

Siempre se habían odiado y evitado, pero una tragedia les demostró que hacían un buen equipo

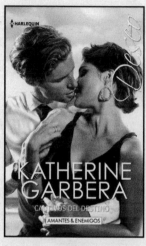

CAUTIVOS
DEL DESTINO

KATHERINE
GARBERA

El arrogante empresario Allan McKinney siempre le había caído mal a Jessi, especialmente después de que le arrebatara la empresa familiar. Pero cuando la tragedia les golpeó y fueron designados tutores de la hija de sus mejores amigos, Jessi vio su lado más sensible, pasando de ser insoportable a irresistible. A Allan le estaba resultando cada vez más difícil concentrarse en el trabajo porque no podía quitarse a Jessi de la cabeza. Para colmo de males, se avecinaba una tormenta que amenazaba con destruir el frágil vínculo que los unía.

Bianca

Sucumbió ante su seducción...
¡Y se quedó embarazada de un griego!

AMOR EN LA NIEVE

JENNIE LUCAS

Era lo último que deseaba, pero el multimillonario griego Ares Kourakis iba a ser padre. Estaba dispuesto a cumplir con su deber y a mantener a Ruby a su lado, incluso a casarse con ella. Lo único que podía ofrecerle era una intensa pasión y una gran fortuna, ¿era suficiente para que Ruby accediera a subir al altar?